아우여
죽지말고
돌아와주오

아우여 죽지 말고 돌아와주오

일본 반전시를 보며 평화를 반추하다

ⓒ손순옥 2017

초판 1쇄 발행일 2017년 8월 4일

지 은 이 손순옥

출판책임 박성규
편   집 유예림 · 남은재
디 자 인 조미경 · 김원중
마 케 팅 나다연 · 이광호
경영지원 김은주 · 박소희
제   작 송세언
관   리 구법모 · 엄철용

펴 낸 곳 도서출판 들녘
펴 낸 이 이정원
등록일자 1987년 12월 12일
등록번호 10-156
주   소 경기도 파주시 회동길 198
전   화 마케팅 031-955-7374 편집 031-955-7381
팩시밀리 031-955-7393
홈페이지 www.ddd21.co.kr

I S B N 979-11-5925-272-3 (04830)
          978-89-7527-070-3 (세트)

한국출판문화산업진흥원 2017년 우수출판콘텐츠 제작 지원 사업 선정작입니다.

이 도서의 국립중앙도서관 출판예정도서목록(CIP)은 서지정보유통지원시스템 홈페이지
(http://seoji.nl.go.kr)와 국가자료공동목록시스템(http://www.nl.go.kr/kolisnet)에서 이용
하실 수 있습니다.(CIP제어번호: CIP2017018146)

아우여 죽지말고 돌아와주오

손순옥 지음

일본 반전시를 보며 평화를 반추하다

들녘

"전쟁은 절대로 안 됩니다!"

이 책을 엮고 쓰게 된 가장 큰 동기이자 목적은 바로
이 한마디를 하기 위해서입니다. 전시도 아닌 때에 전쟁 반
대를 외치고 평화 염원의 발언을 하는 것이 새삼스러울 수
도 있겠습니다. 하지만 인류의 역사를 돌아보건대 평화의
시간은 장구하지 않았고 평화의 둑은 견고하지 않았습니
다. 갈등과 대립의 틈새가 봉합되지 않았을 때, 인간은 가
장 추악하고 참혹한 파괴행위로 다른 인간을 유린했습니
다. 전화戰禍의 소용돌이 한복판에서 인류는 평화를 갈구하
게 되지만, 그럼에도 마치 망각의 강을 건넌 것처럼 또다시
전쟁의 불꽃을 댕기곤 했습니다.

먼 옛날부터 인류는 정복과 피정복의 모순관계를 전
쟁이라는 방식으로 표출해왔습니다. 그 근저에 지배 계층
의 정치·사회·경제적인 이해관계가 놓여 있었음은 물론입
니다. 일본도 예외가 아닙니다. 아니, 일본이야말로 전쟁에

관한 한 타(他)에 뒤지지 않는 역사를 가지고 있습니다. 중세 봉건시대 이래로 각 세력 간 이해관계에 따라 수많은 국내 전쟁을 치렀을 뿐 아니라, 산업국가로 근대화한 이후에는 식민지 쟁탈을 둘러싼 국제적 전쟁의 주역으로 등장했습니다.

후발 자본주의 국가로서 급격한 산업발전을 이룬 일본은, 아시아 대륙에서의 세력 확장을 서구 세력에 대한 '아시아 해방'이라는 명분으로 치장하며 전쟁을 벌였습니다. 일본의 위정자들은 '부국강병'이라는 기치 아래 국가의 모든 목표를 전쟁에 집중시켰습니다. 그 전쟁이 국내 문제를 외부로 돌리려는 의도였거나 그 '부'의 원천을 해외에서 찾고자 한 침략전쟁이었음은 이미 역사가 증명하는 바입니다. 그로 인해 주변 국가와 그 민중들이 엄청난 고통을 당해야 했던 것은 말할 것도 없고, 일본의 서민들도 가혹한 희생자로 내몰려야 했습니다. 그들은 1945년 태평양전쟁이 끝날 때까지 오로지 '국민'이라는 이름으로, 위정자들의 선동에 휘말려 제정신을 놓은 채, 심지어 목숨까지 초개처럼 내놓아야 하는 강압을 당해야 했습니다.

　근대 사회의 특징으로 꼽는 첫 번째는 개인의 해방과 인권 존중일 터입니다. 그러나 메이지 시기의 일본은 겉모양만 근대였을 뿐, 알맹이는 그 어느 때보다도 강력한 전체주의 국가였습니다. 근대라는 이름과 근대의 속성이 모순·괴리된 이중구조의 사회였던 것입니다. 이 같은 상황 하에서도 인간으로 태어난 이상, 일방의 통행로만 강요하는 정부의 권력 앞에 모두가 그대로 주저앉아 있을 리는 없습니다. 나름대로 인간 개인의 목숨을 중히 여기며 자유를 누리고자 몸부림 친 흔적이 여러 방면에 나타났던 것이 그 반증입니다. 그중 하나가 문학이라는 수단을 통한 일본인들의 '반전시反戰詩'입니다.

　전쟁 반대의 감정을 강하게 드러내는 시가 조금씩 나타나기 시작한 것은 러일전쟁이 진행되던 때부터입니다. 그러나 제2차 세계대전과 태평양전쟁 말기로 치달아갈수록, 살벌해진 사회 분위기 탓에 전쟁 반대의 의사를 적극적으로 표현한 것은 그다지 눈에 띄지 않습니다. 당시 반전시들을 싣거나 반전사상의 글을 올리면 곧장 폐간되거나 발행 금지되어 세간에 널리 알려지지 않은 이유도 있을 것입니다. 반전시가 그 가치를 인정받은 것은 1945년 아시아 태평양전쟁에서 일본이 패하여 군국의 세력이 물러난 후에야 가능했다고 해도 과언이 아닙니다.

우리는 이들 반전시를 통하여 피해자로서 우리에게 가장 암울했던 시대를, 가해자로서 정반대의 위치에서도 불행하게 살아야 했던 일본 서민의 속마음을 만날 수 있습니다. 옳은 방향으로 가고 있지 않는 정부의 권력에 맞서 일본 국민의 속내를 진실하게 그려낸 반전시들은 군국주의의 악몽이 되살아나려 하는 오늘날에도 불멸의 빛을 발하고 있습니다.

한편, 전쟁의 역사는 과학기술 발전의 역사와 궤를 같이하고 있습니다. 전쟁이 과학기술의 발전을 촉진시키기도 하고, 발전한 과학기술이 전쟁의 파괴력을 가일층 높이기도 합니다. 같은 이름의 전쟁이라도 예전의 전쟁과 지금의 전쟁 그리고 앞으로의 전쟁은 그 피해 규모를 가히 비교·상상할 수 없을 만큼 인류를 불행에 빠뜨릴 것입니다. 아니, 불행은커녕 아예 인류 절멸의 길로 내몰 수도 있습니다. 절대로 전쟁이 일어나서는 안 되는 이유의 하나입니다.

그런데 현실은 어떤가요. 안타깝지만 지금도 지구 곳곳에서는 총과 포의 소리가 끊이지 않고 있습니다. 매일의 뉴스에서 폭파된 건물 잔해와 피 흘리는 사람들의 영상이 방송되지 않는 날이 드물 정도입니다. 또한 세계 유일의 분단국가를 둘러싼 위기감이 하루도 쉬지 않고 TV 화면을 통해 흘러나옵니다. 한반도의 평화통일을 도와주려는 배려보다 남북 갈등을 빌미로 자국의 이익을 챙기고자 세계 전쟁을 불사하는 모양새입니다.

올여름, 오랫동안 관심을 가져왔던 일본의 반전시 읽기를 마무리하게 된 것은, 수많은 전쟁을 경험했고 유일하게 원자폭탄의 세례까지 맛보았던 일본 문학인들의 생각과 느낌을 전해 받기 위함입니다. 전쟁을 주도한 국가에서 전쟁을 반대했던 사람들의 외침을 작금의 상황에서 되새길 필요가 있습니다. 특히나 핵전쟁의 위험이 도사리고 있는 이때에, 핵전쟁의 피해가 어떤 것인지를 생생하게 읊어준 시를 통하여 그 가공할 전쟁의 참화를 막아야 한다는 각오를 다지기 위해서이기도 합니다.

패전을 겪은 지 얼마 되지 않았을 때부터, 일본의 위정자들은 끈질기게 군사대국 부활의 망상을 드러내 보였습니다. 자위대의 군사력을 세계 최강 수준으로 끌어올리는 데 돈을 쏟아붓는 한편, 이제는 평화헌법의 개정을 시도하며 또다시 중국이나 러시아 같은 강대국들과의 충돌도 서슴지 않고 있습니다. 우리나라와 관련해서도 독도를 놓고 사사건건 역사적 왜곡을 시도해왔습니다. 그러나 노벨 문학상을 탄 오에 켄자부로$_{大江健三郎}$처럼 "두 가지 (독도와 센카쿠) 영토 문제는 일본의 아시아 침략이란 역사를 배경으로 하고 있음을 잊어서는 안 된다"고 강조하며 '평화헌법'을 지키고자 하는 일본의 문학인도 있습니다. 그러한 양심적 줄기의 시원을 우리는 반전시에서 확인하게 됩니다.

검열이 삼엄했던 시대에도 진실에 대한 열정으로 위험을 무릅쓰고 인간 생명의 존엄과 자유를 부르짖은 반전시들은, 일본이라는 국경을 넘어 한국은 물론 세계 모든 사람들의 마음속에서 반추될 필요가 있습니다. 이들 시가 평화수호의 정신에 큰 원군이 될 것임은 더 말할 나위가 없겠습니다. 전쟁의 역사를 돌이켜보며 인간이 존재하는 한 전쟁은 피할 수 없을 것이라는 생각에 매우 슬픕니다. 그럼에도 불구하고 평화로운 시간이 좀 더 오래 지탱될 수 있기를 바라는 마음에 이 글을 씁니다. 소박한 일상생활의 '평화' 속에서 인간으로 존재하고 있다는 사실이 얼마나 소중한 것인지를 되새겨봅니다.

우리 모두가 잔잔한 '평화'의 세상을 누리며 살아가는 아들딸이기를 바라며, 이 책이 나올 수 있도록 성의를 다 해주신 도서출판 들녘에 깊이 감사드립니다.

2017년 7월 22일
동백 한라 비발디에서
한내 손순옥

1부

총을 메고서

— 청일전쟁 · 러일전쟁 시기 —

19세기에 들어와, 근대 산업 국가를 먼저 이룩한 서구 열강은 그들의 상품시장과 원료 공급지를 구하기 위하여 동양의 여러 나라에 강제로 문호개방을 요구하기 시작합니다. 일본의 경우, 1853년 우라가浦賀에 미국의 페리 제독이 4개의 함대를 이끌고 와 항구를 개방해줄 것을 요구한 데서부터 260여 년간 지탱되어온 에도 막부가 흔들리기 시작합니다.

밀려오는 서구의 문호개방 압력에 '메이지 천황'을 앞세우고 조슈長州와 사쓰마薩摩번의 하급 무사들이 힘을 모아 에도 막부를 무너뜨리고 이루어낸 것이 메이지 신정부입니다. 에도막부시대1603~1867에 각 번藩을 중심으로 돌아가던 통치제도를 하나의 중앙권력으로 통합하고, 자본주의 제도를 육성하기 위한 새로운 국민국가를 만들려고 한 움직임이 일본의 메이지유신明治維新이라 할 수 있습니다.

메이지 신정부1868~1912는 중앙집권국가의 조직을 갖춘 후 '부국강병'을 슬로건으로 하여 서양의 근대국가를 쫓아가려고 안간힘을 씁니다. 1873년에 징병령徵兵令을 발포하여 상비군을 설치하고, 그 군비를 지지하는 관영군사공장官營軍事工場을 중심으로 하여 자본주의 산업 육성에 힘을 쏟습니다.

메이지 정부는 강력한 군사력과 경찰력에 의해 밑으로부터의 자유민권운동을 철저히 탄압하고, 끝내는 1889년 2월 11일 '천황'을 신성불가침의 주권자로 하는 '대일본제국헌법'을 발포하기에 이릅니다. 그리고 이듬해 10월에는 교육칙어를 발표함으로써, 일본 국민은 '천황숭배교육'을 주술처럼 받게 되었습니다. 이후 우리나라를 둘러싸고 벌어진 청일전쟁이나 만주滿洲를 문제 삼아 일어난 러일전쟁 등은 후발국으로서 유럽 열강과의 경쟁에 뛰어든 일본이 '부국강병'을 위한 부富의 원천을 해외에서 구하고자 한 대외팽창의 침략전쟁이었습니다.

개인의 해방과 그 인권을 존중하는 것은 무엇보다도 큰 근대사회의 특징일 터입니다. 그러나 메이지 시기의 일본은 모든 시민을 '국민'이라 부르고, 그들을 국가를 위해 생명을 바치는 병사로 만들고자 했으므로, '근대'라는 이름과는 모순된 이중구조의 사회였다고 할 수 있습니다.

전쟁이 싫다 厭戰調

이겼다졌다라는 세간 거리의,
크게 떠들어대는 소리 들으면,
잔가지 몰아치는 가을바람이
불어대는 것보다 더욱 괴로워.

세상살이 즐기는 서민을 위해,
몹쓸 싸움 없애는 방법 있다면.

왠지 술렁거리는 이즈음에는
허허로운 들판도 소용이 없네.
갈대 사이 지나는 바람에조차,
깜짝 놀라버리는 내 마음이여.

미야자키 코쇼시 宮崎湖処子

19

위의 시는 '반전시'라 하여도 의식적으로 전쟁 반대의 의사를 강하게 표현한 것은 아닙니다. 살며시 홀로 속삭이고 있는 듯합니다. 이 시는 청일전쟁이 끝난 2년 후인 1897년 시선집『서정시』에 실렸던 것입니다. 「염전투厭戰鬪」라는 제명에서 보듯이 전쟁이 싫다고 노래한 것으로는 일본 근대시에서 최초의 작품으로 기념비적 의미가 있습니다. 일본의 근대시가 도야마 마사카즈外山正一 등의『신체시초新體詩抄』로서 세상에 얼굴을 내민 것이 1882년이니까요. 그 후 시마자키 도송島崎藤村이 청춘의 서정을 시로 읊은 그 유명한『새싹집若菜集』이 출간된 것이 바로 위의 시가 발표된 것과 같은 해입니다. 특히 1897년은 우리나라의 고종임금이 '대한제국'을 국호로서 만방에 선포한 해이기도 합니다.

작가 미야자키 코쇼시宮崎湖処子는 메이지 시대1868~1912가 열리기 조금 전인 1864년 치쿠젠筑前: 현재 후쿠오카현의 북서부에서 태어났습니다. 후쿠오카중학을 졸업하고 고향 근처의 소학교에서 봉직하다가 도쿄로 올라와 도쿄전문학교현재 와세다대학에 입학합니다. 대학에서는 정치학과에 적을 두었으나 영어학과도 겸하였다고 전해집니다. 졸업 후에는 주로 평민주의를 기치로 내건 민우사民友社에 근무하며 회사의 발행 잡지인『국민의 벗』에 다수의 시와 소설, 평론을 발표하였습니다.

민우사 시대의 코쇼시는 도쿄의 입신출세주의를 비

판하며 고향을 이상향으로 미화하는 글을 썼습니다. 그의 소설『귀성歸省』(1890, 민우사)은 "『귀성』 전에 귀성없고, 『귀성』 후에 귀성없다"는 말이 있을 정도로 독자에게 사랑을 받았습니다. 개인 시집으로는『코쇼시 시집湖如子詩集』이 있습니다.

퇴사 후에는 교회 목사가 되어 전도활동에 힘쓰는 한편 그리스도교 신학과 노장老莊의 자연사상을 합치시켜보려고도 하였습니다.

그럼 시를 좀 더 구체적으로 감상해보겠습니다. 7·5조의 3연聯으로 된 짧은 정형시입니다. 시를 처음 맛보았을 때 작가는 여성일 것이라고 생각했습니다. 세간에 떠도는 소식에 귀를 기울인다거나, 세상살이 즐기는 것, 깜짝 놀라는 마음 등에서 여인의 세심한 심성이 묻어나는 것 같습니다.

시의 배경이 되는 계절은 가을입니다. 시어로써 사용되고 있는 '가을바람' '허허로운 들판' '갈대' 등은 가을을 말해주는 대표적인 상징이라 할 수 있습니다. 뜨거운 햇볕과 장대비 등으로 습습하고 답답했던 여름의 열기는 아침 저녁 불기 시작하는 '바람'으로 물러나고, 우리는 가을 문턱이 다가옴을 느낍니다.

불어대는 바람에 잔가지가 부러져 나무와 나무사이

에 공백이 생기고, 어느새 무성했던 이파리들이 떨어져나
간 들판은 텅 비어버렸습니다. 마을을 조금 벗어나 호수가
있거나 얕은 개울이 있는 곳에는 갈색으로 변한 키 큰 '갈
대'가 유유히 바람 부는 대로 몸을 맡기고 있는 풍경이 눈
에 들어옵니다. 늦가을 초저녁이라면 멀리 산등성이로 지
는 노을이 더욱 운치를 자아낼 겁니다. 그럴 즈음이면 시인
이 아닌 여느 아낙네라도 한 번쯤은 그 자리에 머물러 가
슴속을 비울 테지요. 나무 사이로 비치는 가녀린 햇살과
청정한 바람에 머리카락을 나부끼며, 수순한 자연인의 행
복을 맛볼 것입니다.

그러나 시 속의 시적 화자는 모든 것을 훌훌 털어버리
라고 할 것 같은 "허허로운 들판도 소용이 없네"라며 괴로
워하고 있습니다. 2연의 "세상살이 즐기는 서민을 위해/ 몹
쓸 싸움 없애는 방법 있다면" 하고 읊은 시행은 현대를 사
는 우리의 마음에도 절절한 육성으로 다가옵니다.

'몹쓸 싸움'이란 다름 아닌 전쟁입니다. 이 시는 청일
전쟁 당시의 서민의 심정을 내보인 것이라 하겠습니다. 세
상살이를 즐기는 것은 당시의 정치나 전쟁에 관심이 많은
남성보다는 소박한 살림을 즐기는 여성의 마음을 더 잘 대
변한 것인지도 모르겠습니다. "세상살이 즐기는 서민을 위
해"라는 시구는 평범한 것 같지만 매우 의미가 깊다고 생

각합니다.

　우주에 던져진 인간은 '어떻게 사는 것이 가치 있고 보람된 것인가' 하고 많은 사색을 하고 연구를 합니다. 그 어느 것도 나름의 의미가 있는 답이 될 수도 있겠습니다만, 삶을 '즐긴다'는 것이 그 무엇보다 중요하지 않을까요? 이승에서 어떤 처지에 놓였더라도 누구도 언젠가는 왔을 때와 똑같은 모습으로 저승을 가는 것이기에 두려워하지 않아도 될 것 같습니다. 창조주는 다시 평등하게 되돌리니까요.

　그렇다면 '존재한다'는 사실 자체가 기쁜 일이 아닐 수 없습니다. 주어진 여건이 어떠하든 즐기는 태도를 잃지 않고, 매순간을 정성을 다해 경험하고 음미하며 산다면, 그것이 곧 만족스런 삶이 아닐까요? 일상의 소소한 것들에 감사하며 자유를 누리는 즐거움! 시적 화자는 그것의 가치를 알고 있는 것 같습니다. 작은 것을 즐기는 세상살이의 참맛을 알기에 거창한 목표를 내걸고 많은 물질을 동원해가며, 즐기는 시간을 방해하는 '몹쓸 싸움' 곧 전쟁을 싫어하는 것입니다.

　시적 화자가 말하듯 몹쓸 싸움인 청일전쟁은 1894년 8월 1일 정식으로 선전포고되어 전면전으로 돌입하게 되니다. 사실, 이 전쟁은 사전에 준비되었던 것입니다. 메이지기에 들어선 일본은 1871년 중국 청나라와 수호조약을 체결하고 화친관계를 맺습니다. 1879년에는 종래 청·일 양국이 종주권을 다투어오던 류큐를 병합하여 오키나와현을 설치하였고, 중국의 용인을 받아냅니다. 그 후 조선을 둘러싼 대립이 전쟁으로까지 발전한 것이 청일전쟁입니다. 메이지 정부의 조선에 대한 적극 정책은 정한론征韓論에서부터 시작됩니다. 이를 구체화한 것이 1875년 강화도사건이며, 이를 기화로 이듬해 강화도조약을 맺고 부산·인천·원산을 개항시킵니다.

한편 청나라는 1882년 임오군란이 일어나자 출병과 함께 적극적인 개입으로 주도권을 잡았고, 1884년 갑신정변 때에도 군대를 투입하여 이를 3일 만에 진압하였습니다. 두 사건에서 청이 우세하고 일본이 약세를 보이자 일본은 이를 만회하기 위한 전략을 추진합니다. 다음 해 톈진조약을 체결하여 청·일 양군의 동시 철수를 약속하고 조선에 출병할 때는 상호 통고하기로 협정을 맺었습니다. 그럼에도 청은 위안스카이袁世凱를 조선에 상주시키고 조선의 내치, 외교에 대한 간섭을 강화하며 조선에서의 패권을 계속 유지하려고 하였습니다.

1894년, 조선에서는 새로운 종교운동인 동학당과 농민이 힘을 합쳐 거대한 저항운동을 일으켰습니다. 이른바 동학농민전쟁입니다. 동학농민군은 정부군을 쳐부수고 5월에는 거의 조선을 휩쓸다시피 했습니다. 지도자 전봉준이 내건 "악정을 개혁한다. 외국인을 몰아낸다. 만민을 행복하게 한다"는 기치에, 혹정과 수탈에 신음하던 많은 농민들이 일제히 호응했던 것이지요. 하지만 이는 오히려 청·일 양국에 의한 조선 유린의 빌미가 되고 말았습니다.

　6월 2일 일본 정부는 "동학을 진압하기 위하여 한국 정부가 청국에 출병을 요구했다"는 전보를 조선 주재 일본 공사로부터 받습니다. 외상 무쓰 무네미쓰陸奧宗光는 참모차장과 합의하여 청국과 균형을 유지하기 위한 출병을 결정합니다. 6월 5일 도쿄에 대본영을 두고 9일에는 육군부대를 경성에 투입했으며 13일에는 또 다른 한 부대를 인천에 상륙시킵니다. 청은 7일에 출병을 통지하고 선두부대가 9일에 아산에 상륙합니다. 일본의 대부대가 속속 인천에 들어오는 것에 놀란 청나라는 위안스카이에게 명하여 청·일 두 나라 모두 조선에서 군대를 철수할 것을 오토리 케이스케大鳥圭介 공사와 합의하도록 하였습니다. 다른 나라 공사들도 조선 정부의 부탁으로 청·일 두 나라에 철수 압력을 가했으며, 그중에서도 특히 러시아의 요구가 강했습니다. 그러나 이토 히로부미伊藤博文 수상과 무쓰 외상은 이러한 압력에 아랑곳하지 않고 주도면밀하게 개전開戰을 도모하였습니다. 일본은 경부간 전선을 가설하여 전쟁에 대비하는 듯하더니 6월 21일에는 병력을 동원하여 왕궁과 4대문을 장악하였습니다.

조선은 일본의 강요로 청과의 통상무역장정을 폐기한다고 발표함으로써 청과의 국교를 단절하고, 일본은 조선의 요청을 받은 것처럼 위장하여 아산만에 주둔 중인 청군을 공격하기 시작합니다. 아산만 앞바다의 풍도에서는 청의 육군을 싣고 오는 청의 함정을 일본군이 습격하여 참패시킵니다. 여기서 청나라 군사 1,200여 명이 익사했습니다. 그러고서 8월 1일 정식으로 선전포고를 했던 것입니다. 그

청일전쟁을 그린 당대의 만평. 조선을 두고 청나라와 일본이 각축을 벌이고, 러시아가 이를 지켜보고 있다.

후 청군이 잠복하고 있던 평양을 총공격하여 대승을 거두고 압록강 어귀에서 벌어진 해전에서도 청군을 패주시킨 뒤, 드디어 일본은 랴오둥遼東반도의 뤼순旅順을 함락하였습니다.

일본군은 랴오둥반도, 발해만 산둥山東반도를 장악하고 베이징北京·톈진天津을 위협하는 수준에 이르러 끝내는 청국 전체를 정복할 기세였습니다. 전쟁을 사전에 철저히 준비했던 일본입니다. 대포가 당시까지는 그다지 발달되어 있지 않았으므로 일본군이 갖고 있던 소총이 위력을 발휘했다고 전해집니다. 무라타 쓰네요시村田經芳가 발명한 연발식 소총이 그것인데, 총알을 쏘는 것만이 아니라 총신에 칼날을 붙일 수 있어 적진 돌격에 유리했다고 합니다. 이럴 즈음 영국과 러시아 등이 중재에 나섰으나, 일본은 이들을 모두 거절하고 중립적 자세를 보이는 미국의 중재를 받아들여 1895년 4월 시모노세키조약을 체결, 청·일 간 전쟁의 뒤처리를 합니다. 이 전쟁의 결과 조선은 청국의 종주권에서 벗어났으나 동시에 일본 제국주의의 침략 대상으로 바뀌어 인적·물적으로 그 유례를 찾아보기 힘든 혹독한 수난을 당하게 됩니다.

일본 국내에서는 군비 증강을 꾀하는 정부와, 예산 삭감과 민생복지를 주장하는 야당 세력인 민당民黨 사이에 심한 대립이 있었습니다. 하지만 이 시기에는 민당 쪽도 정부에 대한 공격을 중지하고 전쟁에 협력했으며, 국민들도 전쟁에 승리한 것을 매우 기뻐하는 분위기였습니다. 이때까지만 하여도 반전시는 거의 찾아보기 힘듭니다. 전쟁은, 그자체로 값을 따질 수 없는 최고 가치인 사람의 목숨을 희생시키는 일이라는 것에 주목한 사람은 드문 것 같습니다. 위의 시에서 "이겼다졌다라는 세간 거리의 떠드는 소리를 들으며" 괴로워하는 시인의 심정은 그리스도교 신자였기에 가능했던 것이 아닌가 생각되기도 합니다.

청일전쟁이 일어나기 10년쯤 전에 일본 민권파의 지배적인 아시아 인식은 야만적인 구미제국주의 중압 속에서도 일본·청국·조선이 서로 원조하며 연대의식을 가져야 한다는 것이었습니다. 그러나 후쿠자와 유키치福沢諭吉가 주재하는 〈시사신보時事新報〉에서는 일찍부터 조선 내정간섭과 대對청국강경론을 골자로 한 '아시아개조론'을 주장하고 있었습니다. 1885년 3월 16일 〈시사신보〉에 실렸던 후쿠자와 유키치의 「탈아론脱亞論」은 너무나도 유명합니다.

······(생략) 일본은 이웃 나라의 개명을 기다려 함께 아세아를 흥하게 하는 것을 지체할 수 없으며, 그보다는 그 대열에서 벗어나 서양의 문명국과 진퇴를 함께하며, 그 지나와

조선을 대하는 법도 이웃이라 하여 특별히 배려할 것이 아
니라 서양이 이들을 대하는 것과 같은 식으로 처리해야 할
것. 악우(惡友)와 친히 지내는 사람은 함께 악명을 면치 못
한다. 우리들은 마음에서 아세아 동방의 악우를 사절하는
것이다.

중국을 당시에 멸시하는 언어로 부르던 '지나'라고 일
컬으며 아시아 민족 두 나라를 '악우'라고 천명한 유키치
는 일본이 청일전쟁을 슬슬 도발하여 아산만 풍도 해전에
서 청군을 참패시키고 승리를 거둔 이튿날인 1894년 7월
29일에도 또 같은 신문 〈시사신보〉에 「청일전쟁은 문명과
야만의 전쟁이다.」라는 기사를 씁니다.

조선해의 풍도 부근서 청일 양국 간에 해전을 열어 아군이
대승리를 얻은 것은 어제 호외로 독자들에게 보도한 바이
다. 금번의 갈등에 있어 일본정부가 주의에 주의를 더하여
평화의 종결을 원하는 것이지만, 어찌하나. 그네들은 완고
하고 미혹하며 불령하여 보통의 도리를 이해하는 것은 감
출 수 없는 사실인데, 세상에 스스로 자신의 분수를 모르
고 사물의 도리를 이해하지 못하는 것만큼 무서운 것은 없
을 것이다. 저 지나인은 스스로 힘의 강약을 헤아리지 못하

고 무법으로라도 비리를 밀어붙이려 하고서도 조금도 뉘우치려는 바가 없는 데서 어쩔 수 없이 오늘의 지경에 이르러, 전쟁을 개전하자 첫 번째로 아군으로 하여금 승리의 명예를 얻게 하였다. …(중략)… 청일 간의 전쟁은 세계가 보는 앞에서 열렸다. 문명세계의 대중은 과연 어떻게 볼 것인가. 전쟁은 청일 두 나라 사이에 일어났다 하더라도 그 근원을 찾아보면 <u>문명개화의 진보를 꾀하려는 것과 그 진보를 방해하려는 것과의 싸움으로 결코 양국 간의 전쟁만은 아니다.</u> …(중략)… 세계의 한 국민으로서 인간사회에 보통의 교제를 원하지 못하고, 문명개화의 진보를 보고 이를 기뻐하지 않을뿐더러 반대로 그 진보를 방해하려고 무법으로 우리에게 반항의 의사를 내보이는 까닭에 어쩔 수 없이 일이 여기에까지 이른 것이다. 따라서 일본인의 안중에는 지나인(支那人)이 없고 지나국(支那國)도 없다. …(중략)… 문명일신의 여광을 우러르게 된다면 다소의 손실은 셈에 넣을 것이 못되고, 오히려 문명의 인도자인 일본국을 향하여 3배 9배 절하며 그 은혜에 감사해야 할 것이다. 우리들은 지나인이 빨리 스스로 깨달아 그 잘못을 고쳐나갈 것을 희망하여 마지않는다. (밑줄: 필자)

유기치는 「탈아脫亞」에서 더 나아가 일본인의 안중에는

"지나인이 없고 지나국도 없다"고 더욱 교만하게 큰 소리쳤습니다. 메이지 시대와 그 후의 아시아 정책을 대변하는 후쿠자와 유키치는 당시 에도천江戸川의 성인으로까지 불렸습니다. 지금도 대 스승으로 일컬어지며 1만엔 지폐에 그 초상이 여전히 사용되고 있는 것은 동남아에 대

「탈아론(脫亞論)」을 주장한 후쿠자와 유키치와 그의 초상이 들어간 1만엔권 지폐.

한 일본 정부의 정신적 태도가 어디를 향해 있는지 무언중에 말하고 있는 것이 아닐까요?

종교와 철학을 비롯한 사상에서부터 일반 생활도구에 이르기까지 문화 전반에 걸쳐 중국과 한국의 영향을 많이 받으며 그 혜택을 가장 많이 입은 나라가 일본입니다. 그러던 것이 1853년 아메리카 사절 페리 제독이 끌고 온 4척의 군함이 우라가浦賀에 나타나 서양에 문호를 개방한 이래 그 패러다임이 바뀌었다 하여 너무도 방자한 언어를 함부로 사용하고 있는 것을 알 수 있습니다. 요즈음에도 한국과 중국에 대하여 작은 섬들을 매개로 자주 자극하며 불

손하게 구는 행위는 메이지 시대와 별로 달라져 보이지 않습니다.

일본 역사를 볼 때 가마쿠라 시대부터 그들은 공격무기인 칼을 손에서 놓지 않고 국내적으로는 지방으로 나뉘어 줄곧 싸움을 해왔습니다. 지식이나 교양을 갖춘 사람이 지배계급이 아니라 칼을 찬 사람들이 지배계급이었습니다. 무사들은 칼을 차고 다니며 아무 때나 아무 데서나 사람을 죽일 수 있었습니다. 사람을 죽이는 것이 직업이나 다름없었다 해도 과언이 아닙니다. 그들에게 폐도령廢刀令이 내려진 것은 메이지기에 들어와서도 한참 후인 1876년 3월 28일이었습니다. 그래도 대례복 착용할 때와 군인·경찰관은 칼을 찰 수 있었습니다.

그러한 생활 관습을 가진 민족에게는 사람의 목숨에 대한 인식이 제대로 갖추어져 있지 못했다고 보아야 할 것입니다. 이웃 나라 사람의 목숨은 더더욱 생각에 들어오지 않을 것입니다. 메이지 중기까지는 전쟁을 반대하는 시를 읊는다는 것은 좀처럼 떠올리기도 어려웠을 것입니다.

"왠지 술렁거리는 이즈음에는/ 갈대 사이 지나는 바람에조차/ 깜짝 놀라버리는 내 마음이여"라고 다소 영탄

조로 읊고 있어 전쟁에 대한 저항감은 미약하지만 당시 일
본 사회의 정서로 보아서는 한 알의 진주를 찾은 것에 비유
할 만합니다.

난조격운 亂調激韻

괭이를 던지고 내가 오늘 출발하는 옛 산자락의 밭.

울타리에 기대어 나를 배웅하는 늙으신 어머니.

흰머리에 근심 가득하고 노안에는 눈물이 넘친다.

은근, 소매를 끈다. 내 어린자식.

무심, 그는 모른다. 아버지의 저승길.

나의 애간장이 끊어진다고 해야 할까,

국가를 위해서다, 군주를 위해서다.

안녕, 내가 괭이질하던 밭.

안녕, 내가 괭이 씻던 실개천.

나를 배웅하는 고향 사람,

바라옵건대 잠시 그 '만세' 소리를 멈춰주오.

조용한 산, 깨끗한 강,

그 이상한 외침에 더럽혀질라.

만세라는 이름으로, 저승길로 사람을 보낸다.

내 어찌 분하지 않겠는가,

국가를 위해서다, 군주를 위해서다.

끝없이 펼쳐나는 연기 삼천리,

동쪽, 고향을 돌아보며 애간장 탄다,

서쪽, 앞날을 바라보면 겹겹이 뭉게구름,

울어야 할까, 웃어야 할까, 소리쳐야 할까,

하룻밤 내내, 뱃전을 두드리며 달에게 맞서본다,

아– 나는 겁이 났다,

생각은 창을 들고 소리치는 영웅을 못 따르고,

고향집을 그리며 비 내리듯 운다,

내 어찌 울지 않겠는가,

국가를 위해서다, 군주를 위해서다,

지는 해가 기우는 거친 들판의 저녁,

눈앞에 드러누운 시체를 보라,

석양을 받은 암담한 색,

여름풀이 어둠을 누비며 흐른다,

저 비린내 나는 사람의 아들의 피를 보라,

적, 아군, 그도 사람이고, 나도 사람이다,

사람, 사람을 죽일 수 있는 권리 있는가,

사람, 사람을 죽여야 할 의무 있는가,

아– 아무 말 말아주오,

국가를 위해서다, 군주를 위해서다,

나카자토 카이잔 中里介山

일본은 청일전쟁의 승리로 조선의 종주권을 빼앗음과 동시에 대만, 랴오둥반도 등을 중국으로부터 얻었으나, 이어진 '삼국간섭'으로 랴오둥반도를 청나라에 되돌려주어야 했습니다. 조선에 대한 지배가 러시아의 방해로 여의치 않게 되자 일본은 앙심을 품어오던 중, 1904년 2월 10일 끝내 러시아에 대대적으로 선전포고를 함으로써 공식적으로 러일전쟁을 개시합니다.

그동안 일본은 전쟁을 일으키기 위해 영·일동맹을 맺는 한편, 러시아의 횡포를 선전하면서 국민들의 전쟁열을 부추겼습니다. 동시에 군비 증강도 꾀했는데요, 그중 하나가 1903년 6월 24일자 〈도쿄아사히東京朝日〉에 도쿄제국대학 법과대학의 교수 7명이 건의서를 공표한 것입니다. 이는 6월 10일, 가쓰라桂 수상 앞으로 제출되었는데, 당시의 정부가 내놓은 만주와 한국의 교환적인 타협 정책에 반대하여 만주 문제를 정면으로 해결하자는 논지를 담은 것이었습니다. 교환적인 타협 정책이란 당시 이토 히로부미가 내놓은 것으로서 "대국 러시아와 싸우는 것은 위험이 너무 많다. 오히려 러시아와 사이좋게, 만주는 러시아, 조선반도는 일본이 차지하는 것으로 서로 협정하는 것이 좋지 않을까" 하는 의견을 말합니다. 이에 대하여 야마가타 아리토모山縣有朋는 "영국과 동맹을 맺어 무력을 사용하여 러시아를 만

러일전쟁을 그린 만평. 만주에서 치러졌으나 결국은 대한제국의 운명을 가름하는 전쟁이었다.

주에서 몰아내야 한다"고 주장했는데, 이를 계기로 각 신문은 일제히 서로 약속이나 한 것처럼 주전론主戰論으로 방향을 전환합니다. 사람들은 이 때문에 "마치 등에 불이라도 붙은 듯이 '전쟁, 전쟁'하며 웅성대기 시작했다"고 합니다.

그러나 일본 국민들 가운데에도 이러한 정부의 방침에 분개하며 전쟁에 반대하는 사람들이 있었습니다. 〈요로즈조호万朝報〉의 기자로 일했던 고도쿠 슈스이幸德秋水, 사카이 도시히코堺利彦, 우치무라 칸조內村鑑三 등이 바로 그 주인공입니다. 그들은 개전론開戰論을 등에 업은 신문사를 박차고 나옵니다. 심지어 고도쿠와 사카이는 유라쿠조有樂町에 2층집을 빌려 그곳에서 주간週刊 〈평민신문平民新聞〉을 발간합니다. 그해 1903년 11월 15일에 창간호를 낸 〈평민신문〉은 사회주의를 외치며 제국주의를 공격했습니다.

「난조격운」을 지은 나카자토 카이잔中里介山, 1885~1944은 가나가와현神奈川県 출신입니다. 정미업을 하는 가정에서 태어났지요. 그는 가정의 빈곤으로부터 사회적 모순에 눈을 뜨게 되었고, 이후 그리스도교적 사회주의의 사상적 세례를 받습니다. 고도쿠 슈스이, 야마쿠치 고켄山口孤劍 같은 사회주의자들과 접촉하던 중 〈평민신문〉이 주최한 현상소설에 응모하여 「무슨 죄」가 우수작으로 뽑히게 됩니다. 이를 계기로 그는 동 신문의 기고자가 되고, 1904년 5월 15일에 반전시 「난조격운」을 게재합니다.

시 「난조격운」은 "국가를 위해서다, 군주를 위해서다"라고 책동하는 정부의 시퍼런 서슬에 짓눌려 삶의 터전이던 논밭과 괭이를 내던지고 떠나게 된 젊은 가장의 마음을 노래한 것입니다. 평화로운 고향 마을을 등지고 전쟁터로 나가야 하는 그의 두려움과 서러움이 구절구절마다 짙게 묻어나오는데요, "그 '만세' 소리를 멈춰주오"라는 시구야말로 당시 보통 시민, 특히 당대를 살아가던 청년들의 솔직한 마음이었음에 틀림없습니다. "'만세'라는 이름으로 저승길로 사람을" 보내는 것에 대해 시적 화자는 "내 어찌 분하지 않겠는가. 내 어찌 울지 않겠는가"라고 울부짖습니다.

시적 화자의 두렵고 암울하며 답답한 마음, 애간장이 끊어지는 서러움을 토로하기 위해 작가는 시의 연聯을 나누지 않고 속마음을 줄줄 풀어냅니다. 화자의 생각을 전개가 빠른 영상으로 보는 듯한 느낌을 주지요. 특히 우리는 "내가 괭이질하던 밭"과 "내가 괭이 씻던 실개천"과 작별 인사를 나누는 그의 모습에서 국가의 야욕이 보통 사람들의 평화로운 일상을 어떻게 산산조각 내는지 엿볼 수 있습니다. 화자의 슬픔은 이어 분하고 분한 마음이 됩니다. 그는 "내 어찌 분하지 않겠는가, 국가를 위해서다, 군주를 위해서다"라고 이야기하는데요, 여기서 우리는 한 개인이 거대 권력의 손아귀에 휘둘려 자신이 목숨을 바칠 만한 가치와 상관없이 생의 소멸 과정으로 진입할 때의 분노를 읽게 됩니다.

하지만 그 분노는 이어서 "아, 나는 겁이 났다. 생각은 창을 들고 소리치는 영웅을 못 따르고. 고향집을 그리며 비 내리듯 운다"로 선회합니다. 화자의 마음속 갈등이 제대로 드러나는 지점입니다. 여기서 우리 또한 '누구를 위한 삶인가, 누구를 위한 영웅이어야 하는가?'라는 문제를 생각할 수 있습니다.

　물론 그 당시에는 통치자의 선동에, 전쟁이 무엇을 의미하는 것인지를 미처 깨닫지 못한 채 괭이를 집어던지고 총칼을 차고 나선 젊은이도 많았을 것입니다. 하지만 그들에게 시인은 "적, 아군, 그도 사람이고, 나도 사람이다. 사람, 사람을 죽일 수 있는 권리 있는가"라고 되묻습니다. 국가보다 개인의 생존 권리를 주장하면서 목숨의 가치를 환기시키는 것이지요. 전쟁이라는 거대 폭력 앞에 선 평범한 한 개인의 일생일대의 위기감을 솔직하고 절절하게 드러낸 시가 바로 「난조격운」이 아닌가 생각합니다.

인천 해전의 전야_{前夜}

인천 해전의 전야^{前夜}

(上) 전쟁의 신

몹시 적막하구나 까만 밤바다
밤하늘의 별들도 깜박거리면
수초들 깔개 위에 물고기들도
편안히 꿈을 꾸며 잠이 들 테지
캄캄한 밤물결을 저어서 가는
작은 배 그 밑에서 무엇인가가
소곤대는 목소리 들리는 구나

　"아아 대살육의 날은 가까웠다
　쌓이고 쌓이는 원망을 참을 수 없다
　원수와 뱃전을 마주하고는
　평화의 미소를 그 누가 머금을 수 있을까
　보라 이미 구름 사이로 구부려 바라보며 고개 끄떡이면서
　파괴를 기뻐하고 죽음의 냄새를 즐기는
　전쟁의 신은 내려오고 계시는 것을

그가 몇 번인가 피에 적신

진홍색 갑옷 위에

옻칠보다 짙은 긴 옷을 걸치고

소매에 감춘 손가락 꼽아가면서

한 시각에 별 한 집 하나하나를

계산하고 지우고, 지우고 계산하고

24시각의 기계가 돌아갈 때

검은 쇠다리 바다를 차고

천둥소리 하늘을 가르며

대흉일의 주문을 외우면서

작은 혼을 엄청나게 깨부수겠지

바다의 악마 밥상에 고기를 얹어놓으려고"

그렇다면 폭풍우 몰아치기 전

잠시 동안만의 조용함인가

비린내 물보다도 차디차갑고

물은 납덩이보다 더욱 무거워

내 배는 아무래도 빨리 못가네

아아 무시무시한 저녁 바다여

고스기 미세이 小杉未醒

위의 시 「인천 해전의 전야」는 상·중·하로 나누어진 매우 긴 장시長詩입니다. 상上의 작은 제목은 '전쟁의 신'이고, 중中은 '치요다함대', 하下는 '피리소리'인데요, 여기서는 '전쟁의 신'만을 다루었습니다. 상의 '전쟁의 신'은 앞부분과 뒷부분이 7·5조의 정형시이며, 가운데는 배 밑에서 소곤대는 소리가 들리듯이 가탁하여 자유로운 가락으로 읊고 있습니다.

작가 고스기 미세이小杉未醒, 1881~1964는 도치기현栃木県에서 태어난 사람으로 일본 화단에서 대가로 평가되는 인물입니다. 그는 고향에서 중학 1학년까지 다니다 학교를 중퇴한 후, 1898년 도쿄로 올라와 서양화를 배웁니다. 1902년에 태평서양화회의 회원이 되었고, 그 이듬해는 근사화보사近事畵報社에 들어가 러일전쟁이 일어났을 때는 종군하여 전쟁터의 삽화와 정경을 그립니다. 귀국 후에는 정사원正社員이 되어 『진중시편陣中詩篇』을 1904년 11월 호산방蒿山房에서 간행했지요. 『진중시편』에는 러일전쟁 종군 중에 쓴 시 26편과 「조선일기」가 수록되어 있습니다. 이 시집은 그 자체가 '반전시집'으로서 높이 평가됩니다.

「인천 해전의 전야」는 제목 그대로 우리나라 인천 앞

바다가 그 배경입니다. 1904년 2월 10일, 일본이 러시아에 정식으로 선전포고를 하기 전에 육군에서 먼저 파견된 부대는 2월 8일 인천에 상륙하기 시작합니다. 같은 날, 해군은 뤼순항에 있던 러시아 함대를 공격하고 이튿날 9일에는 인천의 러시아 군함을 공격하여 파괴시켰는데요, 일본은 곧잘 불시의 공격을 시도하고 도발함으로써 싸움을 시작합니다.

고스기는 인천 해전의 광경을 화가답게 검은색의 캄캄한 밤과 핏빛 진홍색이 어우러지는 것으로 묘사하고 있

景光るたり揚浮に頭港川仁グーャリワ

THE RAISING OF THE "Variag" AT CHEMULPO.

(眞寫上川仁)

러일전쟁 당시 인천 앞바다에서 침몰한 러시아 항공모함. (인천 이노우에사진관 촬영 및 기증)

습니다. 덕분에 시의 음산한 분위기가 한층 잘 살아났지요. 고요한 밤바다의 침묵 위에 옻칠보다 짙은 긴 옷을 걸친 죽음의 신이 "소매에 감춘 손가락 꼽아가면서/ 한 시각에 별 한 집 하나하나를/ 계산하고 지우고, 지우고 계산하고"라는 구절은 전쟁의 신이 죽어갈 시체를 시시각각 손으로 꼽는 모습을 표현한 것인데요, 전쟁이 얼마나 살벌한 것인지 몸서리치도록 생생한 느낌으로 전해옵니다. 게다가 그 죽음은 다른 무엇도 아닌 '바다의 악마'에게 던져지는 죽음입니다. 죽음의 목적도 죽음의 결과도 '악'이라는 것을 보여주는 명구입니다.

고스기는 부산에 도착하여 목포를 거쳐 서울을 지나 점차 북쪽으로 가면서 개성에 머물렀던 시간을 시로 읊습니다. 「개성의 숙소」라는 시입니다. 함께 읽어보겠습니다.

러시아 정벌 싸움 떼를 지어서
　　사람들 소란스런 개성 한복판
숙소의 작은 창이 희미해지고
　　쓸쓸하구나 술도 차가와지고
소인배는 언어도 통하지 않고
　　숙소를 둘러싸고 집오리 운다.
3월 달 추운 날에 비오는 소리

　　　　내일 신는 짚신짝 무거울 테지

　　쓸쓸한 마음인데도 가락을 7·5조의 음률에 맞춘 탓
에 매우 가지런해 보입니다. 전쟁이 싫은 마음을 "집오리
우는 것"에 가탁하고 "무거운 짚신짝"으로 표출하던 고스
기는 마침내 전쟁에 나간 동생에게 "돌아오라"고 직설적으
로 소리 높여 명령합니다. 그것이 고스기의 대표작으로 꼽
히는 시 「돌아오라 내 동생_{歸れ弟}」입니다. '歸れ'는 강한 명령
형인데, 여기서 굳이 '弟'라고만 쓴 것은 내 쪽 사람을 친근
하게 부르는 호칭입니다. 나의 피붙이에게 말하는 형식을
취함으로써 애달픈 감정을 증폭시키고 있습니다.

　　돌아오라 내 동생 저녁때 새가
　　숲속에 잠기듯이 돌아오거라
　　한국의 평양 땅은 피비린내 나고
　　메마른 바람결에 살기마저 감돈다
　　…(중략)…
　　동생이여 그대의 하얀 이마가
　　오- 애처롭구나 햇볕에 검어져
　　사랑과 시를 읊으며 맑았던
　　별 같은 눈동자가 거칠어만 졌구나

…(중략)…

형들의 피 냄새를 어찌 부러워하느냐

빨리 그 허리에 찬 칼을 버려라

시를 짓는 맑은 샘이 용솟음치므로

동생이면서도 신의 젊은이인 것을

그 옥 같은 그릇을 잘 지켜 돌아오거라

이별의 술잔을 마시는 것도 늦는다

근심하며 울며 기다리는 사람들에게

혹독하게 풀려난 그 손을 돌려주거라

돌아오라 내 동생 저녁 때 새가

숲속에 잠기듯이 돌아 오거라.

"돌아오라 내 동생 저녁때 새가/ 숲속에 잠기듯이 돌아오거라"를 반복하면서 절절히, 그러나 차분하게 외치는 어조는 서정적이면서도 전쟁의 죄악을 공격하는 설득력을 갖습니다. 여기서 '동생'은 물론 작가의 친동생을 말하는 것이 아닙니다. 피붙이 동생에게 가탁하여 전쟁에 나간 젊은이들에게 따뜻한 마음으로 호소하고 있는 것이지요. "시를 짓는 맑은 샘이 용솟음치는" 젊은이는 또한 작가 자신의 모습이기도 합니다. 화가이면서도 전쟁의 비참함을 그림으로써만이 아니라 글로써 고발하지 않을 수 없었던 고

47

스기는, 더 이상 순수한 정신을 잃는 것이 두려워 '허리에 찬 칼'을 버리라고 씀으로써 그 자신 스스로를 위로했음이 분명합니다. '신의 젊은이'라든가 '옥 같은 그릇' 등의 표현으로 전쟁에 끌려 나간 젊은이가 군주를 위한 아들이 결코 아니라는 것을, 객체로서 더할 나위 없이 소중한 존재라는 것을 은근히 암시하는 묘사 또한 절창입니다. "사랑과 시를 읊는/ 옥 같은 그릇"이라는 부드러운 시어야말로 거칠고 야만적인 언어만 횡행하는 전쟁에 항거하는 최상의 반전反戰이 아닐까요?

위의 시에 나오는 "근심하며 울며 기다리는 사람들"의 마음이 어떤지도 우리는 충분히 짐작할 수 있습니다. 전투가 벌어진 상황이 아닌데도 '국민의 의무'라는 명목으로 아들을 군대에 보내본 한국의 엄마들이라면 더욱 공감되는 부분입니다. 훈련소에 입소한 뒤 개인 소지품과 손 편지를 넣어 집으로 보낸 커다란 박스를 받아들었을 때 우리 어머니들은 얼마나 가슴이 아렸던가요. 그 아들이 만기 제대로 문을 열고 들어오는 순간까지 어디 다리 한 번 쭉 뻗고 잠들었던 적이 있던가요? 두 아들을 군대에 보냈던 경험이 있는 필자 역시 군대에 간 아들 걱정에 두려운 마음을 감추느라 일감을 손에서 놓지 않았고, 제대하여 집으로 돌아올 시각이 코앞인데도 공연히 불안한 마음에 수없이 빨래를 널고 또 널었습니다. 하물며 전쟁터에 나간 자식을 기다리는 부모의 마음은 어떠했을까요. 매 순간, 생生과 사死를 넘나드는 심정이었을 것입니다. 다음의 시도 미세이의 작품입니다.

달과 병든 병사

타오르듯 불 달은 내 이마 위에
서늘해지는 것이 느껴졌는데
창문을 통해 몰래 숨어 들어온
달빛 그림자 바로 너였었구나
떠올려보면 지난 싸움터에서
흘러가는 시간을 알려주었지
그것은 바야흐로 오늘의 달빛
열로 잠들었다가 열로 깨나며
병상에서 누워서 지내는 동안
어느덧 한 달이나 지나갔구나
　아 청명히 떠오른 달빛 그림자

머나먼 압록강의 한가운데를
병사 둘씩 나란히 행군했지만
좌로 우로 사방에 쏟아 내리는
총탄에 놀라 튀는 모래연기들
한 발의 총성만이 유품이 되어

애달픈 고향마당 새색시와의

감춰두었던 꿈도 그대로 둔 채

가슴이 뚫어져서 쓰러져버린

절친한 내 전우의 뼈골 그 위에

오늘 밤은 어떻게 내리비칠지

　　아 청명히 떠오른 달빛 그림자

이국 땅 진영에서 병이 난 것을

소식 듣지 못해서 모르실 테지

나이 드신 노모가 홀로 계시는

마을 어귀에 있는 허름한 초막

매일 밭으로 나가 밭 메고서는

저녁 시장에 파를 내다파누나

이다지도 궁핍한 살림에서도

북방에 있는 아들 애태워하네

꿈에서도 그리는 누추한 집을

오늘 밤은 또 어찌 내리비칠지

　　아 청명히 떠오른 달빛 그림자

고스기 미세이 小杉未醒

3연 11행의 역시 7·5조의 정형시입니다. 전쟁에서 발생한 상황을 그림으로 보여주듯이 자세히 쓰고 있습니다.

1연에서는 머리에 열을 많이 내며 한 달씩이나 누워 지내는 병든 병사가 있습니다. 열에 들뜬 이마를 식혀주는 것은 달빛 그림자입니다. 달빛 그림자를 의인화하여 병사는 대화하고 있습니다. 그 아픈 몸의 괴로움과 홀로 누워 있는 외로움이 어떤 정도일까 하는 것은 우리 독자가 대신 느껴야 할 몫입니다.

2연에서는 우리나라 압록강 한가운데를 병사 둘씩 짝지어 행군하다가 "좌로 우로 사방에 쏟아 내리는" 총탄을 가슴에 맞아 죽어간 전우의 뼛골 위에 달빛은 오늘 밤 "또 어찌 내리비칠지" 하고 묻고 있습니다. "애달픈 고향마당 새색시와의 감춰두었던 꿈"은 총탄에 날라 가버리고 말았습니다. 거친 모래만이 전우를 덮어주는 수의라는 것을 상상할 수 있습니다. '새색시'라는 시어에서 우리는 또 그 병사가 결혼한 지 얼마 안 되었다는 것도 알 수 있습니다.

3연은 한 폭의 산수화를 보는 느낌입니다. 마을 어귀의 허름한 초막, 덩그런 밭에 조금씩 돋아난 하얀 줄기에 푸른색이 어리는 파, 허리 굽은 노파가 그 파를 따고 있습니다. 저 멀리 휘돌아 실개천이 흐르고 있을 것만 같습니다. 파 몇 단을 움켜쥐고 노파가 집으로 들어가버린 후에는 하늘에 떠오른 가녀린 달만이 고즈넉한 동네를 비추고 있습니다. 작가는 다시 반복하여 달빛이 '누추한 집'을 오늘 밤 "또 어찌 내리비칠지" 하고 여운을 남깁니다.

보잘것없는 '누추한 집'이지만 그곳은 병든 병사가 '꿈에서도 그리는' 따뜻한 보금자리입니다. 파를 시장에 내다 팔면서도 살림에 대한 불평 없이 하루하루를 살아가는 것은 전쟁에서 돌아올 아들이 있기 때문입니다. 그리움을 가슴에 묻고 묵묵히 버티는 것입니다. 사랑하는 아들! 어머니에게는 세상 그 무엇과도 바꿀 수 없는 자신의 생명선입니다.

2연의 그 젊은 부부의 '꿈'은 귀여운 아기를 낳고 기르며 서로를 아껴주며 살아가는 정도였을 것입니다. 많은 돈이나 명예 등을 목표로 하고 있지 않았을 것입니다. 3연의 모자母子도 그저 함께 밭에 나가 농사짓고, 땀 흘리고 돌아와 밥 한 끼를 맛있게 먹으면, 고단한 몸을 누이고 편히 잠들었을 것입니다.

젊은 부부에게도, 엄마와 아들 사이에도, 눈에는 보이지 않지만 사람 사이에 흐르는 사랑의 감성이 서로 오가고 있었을 테니까요. 서로 보살펴주는 '사랑'이 그 안에 있을 때, 그곳이 어떤 곳이라 하여도 인간에게는 최고의 보물이 숨겨져 있는 궁전입니다. 물질이 흐드러지도록 풍요로운 현

러일전쟁 당시 압록강에 설치된 가설다리를 건너는 일본 제1군부대.

대에 살면서도 정신이 메마르고, 우울병이라는 전에는 잘 알지도 못했던 병에 사람들이 시달리는 것도, 꼭 필요한 '사랑'의 감정이 고갈되었기 때문입니다.

전쟁은, 보고 싶을 때 볼 수 있는 것, 변변치 않은 음식 이라도 같이 나누어 먹는 기쁨, 서로 칭찬하며 격려해주는 대화, 그 모든 소소한 것들을 앗아 가버렸습니다. 그러한 일상이 없어진 곳을 비추는 달빛도 힘이 없어 희미한 그림 자뿐이겠지요.

지난날의 반전시를 통해서 뜻밖에도 우리가 자칫 소홀히 할 수 있는 소박한 일상생활이 얼마나 소중한 것인지 돌아보게 됩니다. 전쟁이 없는 평화로운 시기에 우리는 정신 차려 주위를 맴도는 작은 기쁨을 놓치지 말아야겠습니다. 그 작은 조각을 헝겊으로 모아 알록달록한 커다란 조각

보를 만든다면 그것이야말로 아름답고 행복한 삶이 아닐까 생각합니다.

전쟁의 노래

아오야마 묘지(青山墓地)에서

산에 핀 벚꽃
지는 것을 명예라고 노래되었지
'군신(軍神)'의 흔적 찾아와보니
장맛비 어두운 들판에
팻말은 하얗고
바람에 목 잘린 꽃잎 흩날리고
너무나도 헐벗은 분묘
인정 있는 산신이
푸른 잎의 소매로 뒤덮어주며
눈물 같은 이슬을 떨어뜨린다.
　저명인의 노래는 벚꽃보다 먼저 말라버려
　비 내리는 아오야마 찾아오는 그림자도 없네.

신대장(新大將)

전쟁 일어나 5개월도 못 되어

7명의 대장은 어느덧 나타나지 않고

과부와 고아는 그 수를 다 헤아리지 못하고

굶어죽은 사람은 지상에 가득 차 있네

소집병(召集兵)

남은 처자와 백발의 부모가

내일을 참고 있으니

가슴이 찢어진다

명예 명예라고 떠들어대지 마오,

나라를 위해서라는 세상의 의리로,

아무 말 못하고 다만 눈을 꼭 감고

눈물을 감추고

죽음으로 간다

기노시타 나오에 木下尚江

작가 기노시타 나오에木下尙江, 1869~1937는 벚꽃으로 유명한 도쿄 미나토구港区에 있는 아오야마靑山 공동묘지를 찾아가 전쟁에서 죽어간 군인들을 애도합니다. 그는 신주信州, 현재의 나가노현 출신으로 도쿄로 와서 영국 헌법을 공부할 수 있는 도쿄전문학교현재 와세다대학에 입학했다가 공부를 다 마친 다음 고향으로 돌아가 〈신양일보信陽日報〉의 기자가 되었습니다. 이후 그리스도교를 믿기 시작하여 폐창운동, 금주운동 등에 적극적으로 참여하면서 1893년 시험에 합격하여 변호사가 됩니다. 1899년에는 「세계평화에 대한 일본 국민의 책임」이라는 제목의 논설을 집필하는 등 나오에는 평화를 부르짖으며 군대 제도와 군인을 통렬히 비판했습니다. 군대와 제국대학이 천황제 정부를 지탱하는 두 개의 기둥이라고 생각했기 때문입니다.

1904년의 러일전쟁 때는 "다른 사람의 나라를 멸망시키면 또 다른 사람에 의해 멸망당한다. 이것은 인과의 필연이다"라고 주장하며 〈평민신문〉의 동지들과 함께 비전운동非戰運動을 개시했는데요, 이 같은 여러 활동 덕분에 그는 이른바 '일본의 초기 사회주의자 중 한 사람'으로 평가됩니다. 변호사, 사회운동가, 저널리스트, 작가 등 다양한 얼굴을 가졌던 나오에는 비전론을 전개하는 한편 소설 「불기둥」을 연재했습니다(1904년 1월 1일부터 3월 20일, 〈마이니치

신문〉). 중편소설인「불기둥」은 평민사의 반전운동을 그린 것으로, 인물은 유형적이었으나 남녀의 순수한 사랑을 매개로 자본가와 군인 정치가들의 허위와 부정을 파헤친 작품입니다. 당시 독자들에게 많은 공감을 불러일으켰지요. 그는 또한 6월 12일자 〈평민신문〉에「전쟁의 노래」를 실어 군인들의 목숨이 "목 잘린 꽃잎"과 같았으며 전쟁을 찬양하던 "저명인의 노래는 벚꽃보다 먼저 말라버려" 묘지를 찾는 이가 없다고 한탄했습니다.

2월에 시작된 러일전쟁은 약 2개월 동안 육군의 경우엔 거의 전투도 없이 한반도를 제압하였고, 이어 5월 1일에는 제1군이 압록강을 건너 만주로 들어가기에 이릅니다. 같은 달 5일에는 제2군이 랴오둥반도에 상륙하여 진저우金州·난산南山 전투를 거쳐 다롄大連을 점령하며 랴오양遼陽으로 향했습니다. 새로이 편성된 제3군이 뤼순旅順 공격의 태세를 갖춘 것은 7월 말이었지요. 이에 앞서 고다마 겐타로兒玉源太郎, 만주군총참모장, 노기 마레스케乃木希典, 제3군 사령관, 도고 헤이하치로東鄕平八郎, 연합함대사령장관, 야마모토 곤베山本權兵衛, 해군성 장관 등 육해군의 장군 7명이 대장에 임명되어 러일전쟁의 임무를 맡게 되었는데요, 이 시에서 "7명의 대장"이라 지칭하는 것은 바로 이들 육해군 대장을 가리킵니다. "명예 명예라고 떠들어대지 마오"라며 시인은 "눈물을 감추고 죽음으로 가는 병사"의 마음을 솔직하게 대변하고 있습니다. 이같이 있는 그대로 의 진실한 마음을 대변하는 것에 주저하지 않았던 나오에 는 한국에 대한 인식도 일본인으로서는 남다른 데가 있는 사람이었습니다.

그는 위의 「전쟁의 노래」가 실린 다음 호인 〈평민신문〉 제32호(6월 19일자) 첫 머리에 「경애하는 조선」이라는 글을 실었습니다. 러일전쟁의 본질을 지적하고 반전反戰을 호소한 것이었지요. 주요한 내용으로 첫째, 청일전쟁과 러 일전쟁의 목적이 조선 쟁탈에 있다는 것을 지적했습니다. 둘째로 국가 부정 사상, 그리고 셋째는 한국 민족의 능력에 기대를 걸고 있다는 것이었지요. 또한, 「조선의 부활기」(〈신 기원〉 1906년 10월)에서는 조선이 '한일협약'에 의해 외교권 을 빼앗긴 데 대해 "보라, 한국은 한 나라로서의 존재를 이 제 지구상에서 보존할 수 없음을, 한 국가로서 외교기관을 가질 수 없지 않은가. 이것은 이미 국가가 아니다. 그렇다. 한국은 망했다. …(중략)… 보라, 한국민韓國民은 자국의 멸망 을 결코 수수방관하지 않고 있다"고 말하면서 밤을 틈타 강제로 맺은 협약에 대해 자세히 쓰는 한편, '한일협약' 체 결에 반대해 전 외무대신 민영환이 자살했고 원로인 조병 세도 음독자살했다는 사실을 소개합니다. 그러면서 이러

러일전쟁 당시 일본군의 핵심 지휘관들. 앞줄 중앙이 연합함대 사령관 도고 헤이하치로(東鄕平八郎) 대장, 앞줄 오른쪽 끝이 아키야마 사네유키(秋山真之) 작전참모. 아키야마 사네유키는, 일본의 시인이자 국문학 연구가인 마사오카 시키(正岡子規)의 죽마고우였다.

한 일에 대해 일본의 학자나 비평가 혹은 지사들이 동정심을 갖고 있지 않은 여론의 현실을 신랄하게 꼬집었습니다.

　무엇보다 이 시기는 "국가를 위해서"라는 말 한마디에 전 일본 국민들이 꼼짝달싹하지 못하던 때였습니다. 수많은 사상자를 내고 1905년 9월 5일 포츠담강화조약으로 러일전쟁이 끝났을 때, 나오에는 9월 10일자 『직언直言』의 권두언으로 「정부의 맹성猛省을 촉구한다.」는 글을 썼는데, 여기에도 그의 심중이 잘 드러나 있습니다. 이미 6일 밤에 도쿄에는 계엄령이 시행되어 군대의 총검이 일체의 불만과 반항을 제압하고 있어 시민대회조차 금지되어 있던 때였습니다.

보라, 이토 히로부미, 이노우에 카오루, 마쓰카타 마사요시, 그네들은 '원로(元老)'라는 불가사의한 존칭 아래 늘 시정의 대권을 좌우하고 있는 패거리들이 아닌가. 그러면서 이토는 기생을 오사카에서 사서 첩으로 삼고, 이노우에는 기생을 끼고 히에이산(比叡山)에 놀러 가고, 마쓰카타는 적십자 사업 시찰 길에 닿는 곳마다 음탕한 짓을 일삼고 있다. 그 출정자들의 가족과 전사자들의 유족은 굶어도 먹을 것이 없고, 추워도 입을 옷이 없다. 그러면서도 모두 "국가를 위해서"라는 이유로 울지조차 못한다. 전쟁에 따른 사회적 현상인 실업, 빈곤, 범죄의 비참함은 전혀 돌아보지 않고 있다.

"국가를 위해서"라는 이유 때문에 울지도 못하는 일본인의 설움을 당당하게 썼기 때문에 『직언』은 결국 발행을 정지당하고 맙니다. 하지만 그는 끝까지 총칼을 무서워하기는커녕 당당하게 군국주의에 맞서며 서민의 삶을 대변했습니다.

아우여 죽지 말고 돌아와주오
—여순 공격군에 있는 동생 소시치를 슬퍼하며—

아! 나의 동생이여 널 위해 운다
아우여 죽지 말고 돌아와주오
막내로 태어나신 그대이기에
부모님의 정 또한 깊었었다오
부모님께서 칼을 쥐어주시며
사람을 죽이라고 일렀겠는가
사람을 죽이고서 죽으라 하고
스물네 해 동안을 키웠겠는가

사카이 그 거리의 오랜 과자 집
전통을 자랑하는 주인으로서
가업을 이어나갈 그대이므로
그대여 죽어서는 아니 된다오
여순 성은 망하든 망하지 않든
도대체 그대에겐 알 바 아니오
그대가 알아야 할 장사꾼 집안

법도의 어디에도 없는 일이오

아우여 죽지 말고 돌아와주오
대일본의 천황은 거친 전쟁터
귀하신 몸 당신은 납시지 않고
서로가 서로에게 피를 뿌리며
짐승 같은 길에서 죽어라 하고
죽는 것을 사람의 명예라 함은
천황폐하의 마음 깊으시거늘
어찌 그리하실 수 있었으리오

아아! 나의 아우여 전쟁터에서
그대여 죽어서는 아니 된다오
지난 가을날 너의 아버지 뒤를
못 좇고 살아계신 어머니께서
비탄의 나날 속에 애절하게도
그대를 군에 보내고 집을 지키며
태평하다 말하는 지금 시절도
어머니의 백발은 늘어만 가오

가게 발 그 아래서 엎드려 우는

애틋하도록 어린 젊은 새색시

그대는 잊었는가, 기억하는가

열 달도 채 못 되어 헤어져버린

어린 아내 마음을 헤아려보오.

이 세상 오직 하나 그대 아니면

아 아 그 누구를 또 의지하리요

그대여 죽지 말고 돌아와주오

요사노 아키코 与謝野晶子

일본의 전통시가傳統詩歌인 31수의 음수율을 갖는 단가短歌를 잘 짓는 가인歌人으로도 유명한 요사노 아키코与謝野晶子, 1878~1942는 1904년 9월 시가 잡지 『명성明星』에 긴 정형시 「아우여 죽지 말고 돌아와주오」를 발표합니다. 러일전쟁이 시작된 지 반년이 지나 일본 육군 사령관 노기 마레스케 대장이 이끄는 제3군이 뤼순에 대한 첫 번째 총공격을 개시하였으나 실패하여 사상자 1만6천 명을 내고 있던 시기였습니다. 아키코가 가출하듯 사카이의 집을 뛰쳐나와 도쿄에 있는 요사노 텟캉과 동거한 지 약 3년이 되는 때이기도 했지요. 처녀가집 『헝클어진 머리』를 세상에 내놓은 지도 3년이 되는 해로서 26살의 그녀에게는 벌써 두 아들이 있었습니다.

밤의 장막에
별들의 속삭임도
그쳐진 지금
지상의 사람들의
헝클어진 머리여

위의 단가는 아키코의 가집 『헝클어진 머리』에 나오는 첫 번째 노래입니다. 첫 수首에서 알 수 있듯이 농염한 정감으로 가득 찬 이 가집은 아키코의 이름을 세상에 알리는 데 크게 공헌했습니다. 인습에 대한 반항, 용솟음치는 연애 감정 등 분방하면서도 다채로운 공상의 난무가 일관되어 나타나고 있는 것이 바로 『헝클어진 머리』입니다. 그토록 자유스러움을 갈구했던, 당시로서는 보기 드문 대담성을 가졌던 아키코인 만큼 모든 것이 획일화하고 억압되었던 전쟁 시기를 보내는 그 시절이 마음에 들었을 리가 없습니다. 따라서 그녀는 한 줄짜리 짧은 음수율의 단가로는 도저히 토해낼 수 없는 진실한 마음을 정형의 틀이기는 하나 장시로 나타내어 부조리한 시대를 고발했습니다.

제목도 높임말로 정중히 쓴 것으로, 직역하면 「그대여 죽어서는 아니 된다오」입니다. 모두 7·5조의 8행을 한 연으로 하여 전편 5연으로 구성되어 있습니다. 시의 1연은 부모에게 귀여움을 받고 자란 막내 동생에게 전쟁에서 죽어서는 안 된다는 솔직한 바람을 절규하듯 읊고 있는데요, 아키코에게는 학위를 받고 도쿄제국대학 공학부 교수가 된 오빠 슈타로_{秀太郎}와 가출한 아키코를 대신하여 친정의 가업을 이어받고 있던 동생 쥬사부로_{籌三郎}가 있었습니다.

2연에서는 사카이의 오래된 가게를 이어받아야 할 동생에게 뤼순성의 함락은 문제가 되지 않는다면서 국가보다는 가업을 이어가는 일이 중요하다고 소리를 높입니다. 일본의 국운이 걸린 러일전쟁이 한창이었던 때이지요. 전쟁에 나간 남동생을 생각하며 "죽지 말라"고 노래한 이 시는 세간에 적지 않은 반향을 불러일으켰습니다. 사회주의자도 아닌, 게다가 젊은 여류 가인이 목소리를 높였으니 그 반응이 어땠을지 충분히 상상할 수 있습니다. 그중에서도 1연의 "부모님께서 칼을/ 쥐어주시며/ 사람을 죽이라고/ 일렀겠는가"라든지, 2연의 "여순 성은 망하든/ 망하지 않든/ 도대체 그대에겐/ 알 바 아니오"와 같은 시구는 당시의 일본인의 간담을 서늘하게 만들었을 것입니다.

아키코의 친정은 오사카부 사카이시(堺市)에서 과자가게를 경영했습니다. 오랜 전통을 이어오는 점포를 꾸리고 있었지요. 하지만 아버지가 돌아가시고 난 뒤 남동생이 가게를 계승하고 있던 터인 만큼 아키코가 동생의 신변을 염려했던 마음은 십분 이해하고도 남습니다. 그러나 아키코의 동생은 실제로 뤼순에 가지 않았다고 합니다. 훗날 구(舊) '육군대학 자료'에 의해 밝혀진 사실이지요. 내용의 진실은 이렇습니다. 즉, 일본이 적군을 속이기 위해 가장 약하다는 오사카 사단을 뤼순에 보낸 것처럼 정보를 흘렸던 것입니다.

다음의 3연에서는 천황은 "전쟁에 몸소 납시지 않고 짐승처럼 전투에서 죽으라고, 죽음이 명예라고"는 생각하지 않았을 거라고 노래합니다. 천황은 마음이 깊으니까 그러지 않았을 거라면서 '천황'과 '전쟁'의 관계를 회의와 부정을 섞어 반어적으로 대담하게 표현한 것입니다. 일본인에게는 함부로 입에 올릴 수 없는 절대적인 금기사항이었던 '천황'이란 낱말을 시어詩語로서 직접 언급했다니! 그 대담함이 당시로선 충분히 파격적으로 받아들여졌을 터입니다. 결국 그녀는 오마치 케이게쓰大町桂月로부터 '천황'의 마음을 헤아려보았다는 것만으로도 "일본 국민으로서 용서할 수 없는 험담이며, 독설이며, 불경이며, 위험천만이며, 난신亂臣이며, 반역자이며, 국가의 형벌을 받아 마땅한 죄인"이라며 지탄을 받습니다.

　　4연에는 아들을 기다리며 빈집을 지키는, 백발이 점점 늘어가는 어머니가 등장합니다. 그래서 독자들은 전쟁으로 인한 가슴 아픈 사연을 더욱더 실감하게 되지요. 그 당시 아키코의 어머니 쓰네는 56세의 나이로 병들어 있었고, 아버지는 1년 전 갑작스런 뇌일혈로 돌아가신 상황이었습니다. 한 집안의 역사로 보았을 때도 매우 힘겹고 복잡한 형편이었지요. 그런데도 정부는 이 시절을 "태평스럽다"고 말합니다. 개인의 삶은 이미 전쟁으로 인해 피폐해졌고 해체되었는데도 말입니다. 아키코는 이 같은 몽매한 상황과 부조리한 현실을 꼬집은 것입니다.

전쟁에 반대하는 입장을 열정적으로 호소하고 있는 이 시를 논객인 오마치 케이게쓰는 잡지『태양』10월호를 통해 격렬하게 헐뜯습니다. 군인 사진을 겉표지에 싣고 시론에서도 문예에서도 전쟁 무드에 열광했던 터이니『태양』으로서는 명성에 걸맞지 않는 아키코의 도발적인 행동에 분명 반감을 품었을 것입니다. 하지만 아키코도 가만있지 않습니다.『명성』에 멋진 반박의 글을 실었거든요. 우선 그녀는 "이 나라에 태어난 나는 이 나라를 사랑하는 일은 어느 누구보다 못하지 않습니다"라면서 조국에 대한 애정을 명확히 못 박은 다음 "무슨 일에든 충군애국 등의 문자와 황송스런 교육칙어 등을 끌어들여 논하는 유행은, 그쪽이 오히려 위험하다고 해야 하지 않을까요?"라면서 속 시원히 반문합니다.

아키코가 그 당시에 어떻게 변명했는지, 일본에서 이 시를 두고 어떤 논쟁을 벌였는지 하는 점은 그다지 중요하지 않습니다. 그보다는 이 작품이 하나의 온전한 독립체로서 한 인간의 생존권을 주장하고, 전체주의에 맞서는 개인주의의 가치를 부르짖고 있는 것임에 틀림없다는 것을 기억해야 할 것입니다. 이 시는 되풀이해 읽으면 읽을수록 시인이 인도주의 차원에서 전쟁을 비판하고, 국가 폭력에 항의하며, 전쟁을 부정하는 마음을 뚜렷이 느낄 수 있습니다. 소문이든 아니든 '여순 공격'에 나갈지도 모를 동생의 처지와 더불어 죄 없는 일본 젊은이들의 죽음, 나아가 인류 공통의 무모한 죽음을 안타까워했던 것이라고 전해옵니다. 전쟁은 "서로가 서로에게 피를 뿌리는 짐승 같은 길"일 뿐으로 사람의 길이 아님을 강렬하게 시사하고 싶었던 것이지요.

고스기가 '내 동생'이라는 시어를 사용하여 가장 가까운 육친의 목숨을 아끼듯 시를 읊었던 것과 마찬가지로 아키코 역시 '그대'라는 시어를 선택하여 이를 같은 의미로 사용함으로써 청년들의 목숨 또한 내 동생의 목숨과 같이 소중하다는 것을 나타낸 것이라고 생각합니다. 이것이 이념적인 접근보다 더욱 전쟁이라는 공통의 적을 미워하게 만드는 데 성공적이지 않을까요? 그녀의 시는 아우를 사지死地로 떠나보내는 누이의 마음을 빌려 피붙이와 이별하는 보통 사람들의 애달픔을 가장 적절하게 표현한 것입니다.

일본의 5천엔권은 1984년부터 2004년까지 니토베 이나조의 초상이 사용되다가 2004년 11월부터 히구치 이치요의 초상으로 바뀌었다.

아키코와 관련된 에피소드를 하나 소개해드릴게요. 1980년대에 대장성이 5천엔五千円 지폐에 신선함을 부각시키려고 고대부터 근대까지의 여성 문학자를 골랐던 적이 있었는데요, 근대에서는 히구치 이치요樋口一葉와 함께 요사노 아키코도 물망에 올랐습니다. 그러나 히구치는 단명短命을 이유로, 아키코는 손자가 당시 현직 국회의원이었던 것과 위의 반전시를 읊은 것을 이유로 유보되었지요. 물론 앞에서 함께 살펴보았듯이 그녀가 반전시 작가였다는 게 가장 큰 걸림돌이 되었다는 것이 중론이지만 말입니다. 결국에는 1980년 6월 도쿄여자대학 학장이었던 니토베 이나조新渡戶稻造가 선발되었고, 2004년 11월 1일부터 여류작가인 히구치 이치요의 초상이 일본 은행권의 5천엔 지폐에 사용되고 있습니다.

2부

시베리아 출병

— 제1차 세계대전 시기 —

1914년 6월, 지금의 유고슬라비아 서북부지방에 있던 보스니아의 수도 사라예보를 방문한 오스트리아·헝가리 제국의 황태자부부가 지금의 유고슬라비아의 동부지방에 있던 세르비아왕국의 한 청년에게 암살된 사건이 일어났습니다. 그즈음 세르비아왕국도 보스니아도 오스트리아에 압박당하고 있었습니다. 그네들은 슬라브계 민족으로서, 오스트리아에 반발하는 분위기가 드높아가던 중에 이런 사건이 터진 것입니다. 오스트리아는 이 사건의 책임을 세르비아에 물어 마침내 7월 28일 세르비아에 선전포고를 하였습니다.

  당시 유럽의 여러 나라들은 제국주의 정책을 펴면서 서로 더 많은 식민지를 차지하기 위하여 치열한 경쟁을 벌이고 있던 때였습니다. 제국주의는 산업혁명 이후 대량생산을 위해 더 많은 자원과 노동력이 필요해짐에 따라 경쟁적으로 식민지 확보에 주력한 18세기 무렵부터 나타났습니다. 이때 유럽은 독일과 영국을 중심으로 세력이 형성돼 있었습니다. 강대국들의 식민지 쟁탈전 속에서 약소국들과 민족들 사이에 그 압박을 벗어나려는 몸부림이 일어나는 것은 지극히 당연한 일이었습니다.

결국 사라예보에서의 총 한 발은 오스트리아와 동맹을 맺고 있던 독일과 이 동맹에 대항하고 있던 러시아제국 사이의 전쟁으로 번져갔습니다. 독일이 오스트리아·이탈리아와 삼국동맹을 맺은 것에 대하여 영국이 러시아·프랑스와 서로 연합하여 삼국협상을 맺어 대립하고 있던 시기였습니다. 러시아가 프랑스와 동맹을 맺고 있었으므로 독일은 프랑스에도 선전포고를 했습니다. 프랑스를 공격하는 독일군이 중립국인 벨기에령을 침범하여 통과해 갔습니다. 그러자 영국도 독일에 선전포고를 합니다. 식민지 확보 문제로 독일과 갈등을 빚고 있던 영국으로서는 독일이 힘을 키우는 것을 그냥 두고 볼 수 없었습니다. 그 결과, 전쟁이 시작된 지 1주일 만에 이탈리아를 제외한 유럽의 모든 열강들이 참가하는 대_大전쟁으로 확대되었습니다.

　　한편 청일전쟁을 통해 아시아 최초의 식민지 영유국가로 등장한 일본은 이 기회에 연합국과 깊이 결탁하여 중국에 대한 일본의 권리를 좀 더 견고하게 넓히고자 했습니다. 때마침 영국이 지나해에서 무장한 독일의 순양상선_{巡洋商船}을 처부숴달라고 일본에 부탁하여 왔습니다. 영·일동맹을 맺고 있던 일본은 동맹의 명분을 구실로 대전_{大戰}에 참가합니다. 청일전쟁 후의 삼국간섭에서 독일이 일본을 압박한 원한을 갚아야 한다고 국민을 선동하며 8월 4일 삼국협상 편에 가담하여 독일에 선전포고합니다. 그러고는 중국 자오저우膠州에 주둔하고 있던 독일 수비병을 상대로 싸워 이기고 나서 산둥성山東省을 짓밟고 독일군이 경영하고 있던 산둥철도를 일본군의 관리하에 둡니다. 나아가 일본은 영국군과 합세하여 8월 11일에는 칭다오靑島의 요새를 공격하여 끝내 독일군을 항복시킵니다. 일본이 전쟁에 정찰용으로서 비행기를 사용한 것은 이때가 처음입니다.

행진하는 군대

이 중량감 있는 기계는
지면을 묵직하게 눌러댄다
지면은 세게 밟히어
반동하며
앞이 안보일 정도로 자욱한 먼지를 일으킨다
이 한낮을 통과하고 있다.
거대한 무게의 억센 기계를 보라
무쇠가 기름으로 범벅된
지독히 단단한 거대한 체구다
땅바닥을 묵직하게 눌러대는
거대한 집단의 움직이는 기계다.
　　저벅, 저벅, 쿵쾅, 쿵쾅
　　철퍼덕, 철퍼덕, 철퍼덕, 철퍼덕

아, 흉측한 기계가 가는 곳
그 어디든 간에 풍경은 퇴색되고
노랗게 되고

해는 하늘에 우울히 잠기어
의지는 힘겹게 압도당한다.
　저벅, 저벅, 쿵쾅, 쿵쾅
　하나, 둘, 하나, 둘.

오, 이 내리누르는
거대하고 새까만 집단
파도가 되밀려오듯이
기름 떡칠한 흐름 속을
뜨거워진 총 맨 몸뚱이의 행렬이 통과한다
피곤에 지친 수많은 얼굴이 통과한다.
　철퍼덕, 철퍼덕, 철퍼덕, 철퍼덕
　하나, 둘, 하나, 둘.

암담한 저 하늘 아래를
묵직한 강철기계가 통과한다
무수히 확대된 눈동자가 통과한다
그 눈동자는 열기로 벌린 채로
노오란 풍경의 공포의 그림자에
허무하게 힘없이 방황한다.
피로하고

고달프고

눈앞이 아른거린다.

   하나, 둘, 하나, 둘.

   보조 맞춰!

오, 이 수많은 동공(瞳孔)

먼지가 떠도는 도로 위에

그네들의 우울한 햇살을 본다

새하얀 환상의 시가지를 본다.

감정이 어둡게 옥에 갇힌다.

   저벅, 저벅, 쿵쾅, 쿵쾅

   철퍼덕, 철퍼덕, 철퍼덕, 철퍼덕

지금 한낮을 걸어간다

무쇠가 지독하게 기름 묻은

거대한 무게의 늠름한 기계를 보라

이 흉측한 기계가 밟아가는 곳

그 어디든 간에 풍경은 퇴색되고

공기는 노오래지고

의지는 힘겹게 압도당한다.

   저벅, 저벅, 쿵쾅, 쿵쾅

저벅, 쿵쾅, 철퍼덕, 철퍼덕.

하나, 둘, 하나, 둘.

하기와라 사쿠타로 萩原朔太郎

어느 야전병원에서의 일

전쟁터에서의 '명예의 희생자' 등은, 그의 거의 죽어가는 침대를 둘러싼 저 충만하고도 특수한 분위기―전우와 군의관들이 줄기차게 읊조리는 격려의 말, 과도하게 과장된 명예에 대한 칭송, 일종의 긴장된 엄숙한 공기―에 의해 완전히 도취되어버린다. 그의 혼은 고양되어 마치 무대 위의 영웅처럼, 비장한 극의 최고조에 이르러 절규한다. "마지막으로 말한다. 황제폐하 만세!"라고.

이런 비참한 일은 차마 보기 민망스럽다. 청년을 강제로 사지(死地)에 몰아넣고서는 마지막 귀중한 순간까지 더욱 그네들을 마비시키려고 아편과 같은 한 방울을 주입시키는 것은!

그러므로 어떤 용감한 희생자들은 야전병원의 한 병실에서 누차 다음과 같이 소리 질렀을 것이다. "이 놀랍도록 획책된 국가적 간계를 꿰뚫어보지 않으면 안 될 마지막 순간에 임하여, 나는 처음으로 비로소 제정신이었다"라고.

그러나 이 미담(美談)은 후세에 전해지지 않았던 것이다.

하기와라 사쿠타로 萩原朔太郎

일본 근대시의 역사에서 큰 획을 그었던 하기와라 사쿠타로萩原朔太郎, 1886~1942의 시입니다. 지금도 여전히 독자층이 두텁지만 진보성과 보수성을 함께 내재하고 있었던 사쿠타로의 작품은 일률적이지 않은 평가를 받고 있기도 합니다. 그러나 「향토망경시鄕土望景詩」에서 보인 "우리들이 가지지 못한 것은 모두이다. 어찌 궁핍을 참을 수 있겠는가"라고 읊었던 분노의 형태는, 일본 자본주의의 바탕이 되는 제국군대를 겨냥하여 「군대」를 읊는 것으로 이어졌다고 할 수 있습니다.

"이 흉측한 기계가 밟아가는 곳/ 그 어디든 간에 풍경은 퇴색되고/ 공기는 노랗게 되고"에서 우리는 제국주의 군대의 본질을 읽어낼 수 있습니다. 연連의 끝부분에 반복되는 의성어의 후렴은 군대의 행진을 실감나게 표현하고 있습니다. 그러면서 병사들의 행진을 인간이 아닌 하나의 "움직이는 기계"라고 묘사하고 있습니다. 그것은 병사를 조롱하는 말이라기보다는 '군대'라는 집단을 만들어 부리고 있는 위정자들에 대한 모욕을 내포하고 있는 것이라고 생각됩니다. 집단을 이루고 있는 병사들에 대해서는 "무수히 확대된 눈동자"가 피로에 지쳐 우울하게 공포에 질려 "힘없이" 보조를 맞춰 걷고 있는 것으로 그려져 있으니까요.

그러나 군국에 제대로 저항하지 못하는 서민의 심정을 마지막 연에서 시인은 "의지는 힘겹게 압도당한다"고 독자의 뇌리에 깊이 새겨주고 있습니다. "저벅, 저벅, 쿵쾅, 쿵쾅, 철퍼덕, 철퍼덕" 등으로 묘사되는 군화 소리와 함께 시의 분위기는 온통 무채색으로 나타나 보여 짓눌린 시대를 잘 대변하고 있습니다.

또 하나의 산문시 「어느 야전병원에서의 일」은 국가에 의해 희생되어가는 청년들의 인생을 극명한 대치로 말해주고 있습니다. 한편은 죽어가는 야전병원에서, 그 절체절명의 순간에도 "과도하게 과장된 명예에 대한 칭송"에 의해 그 개인의 목숨의 가치, 생명의 존엄성을 미처 깨닫지도 못한 채 "황제폐하 만세!"를 외치며 '명예의 희생자'가 되어갑니다. 또 다른 한편에서는 마지막 순간에 제정신을 차려 '명예'라기보다는 허무하게 사라져가는 자신을 비통해하며 "국가적 간계"라고 소리 지르며 '용감한 희생자'가 되어갑니다.

시인은 '명예의 희생자'에 대해서는 "차마 보기 민망스러운 비참한 일"이라고 말하고 있는 것에 반하여 '용감한 희생자'의 이야기는 '미담_{美談}'으로 간주하고 있습니다. "그러나 이 '미담'은 후세에 전해지지 않았다"고 이야기하

1915년 중국 칭다오 부근의 일본군 적십자 주둔지. (출처: 프랑스국립도서관)

고 있습니다.

　짧지만 적나라하게 당시의 상황 그대로를 잘 옮긴 이
산문시야말로 일본 군국주의에 대한 직설적인 고발이며
대표적인 반전反戰이라 할 만합니다.

신문에 실린 사진

보시오

이쪽에서 두 번째 이 사내를 보시오

이 사람은 나의 형님이다

당신의 또 한 사람의 자식이다

당신의 또 한 사람의 자식, 내 형님이

여기에 이런 꼴을 하고

각반(脚絆)을 벗기고

도시락을 내려놓고

무거운 탄약주머니에 둘둘 말려

총관에 탄알을 재어 넣고 칼 총에 찔리어

여기에

상하이총공회(上海總工會) 벽 앞에

양발을 힘껏 버티고 살인자의 얼굴로 세워져 있는

보시오 어머님

당신의 자식이 무엇을 하려 하고 있는가를

당신의 자식은 사람을 죽이려 하고 있소

알지도 못하는 사람을 이유도 없이 찔러 죽이려 하고 있소

그 벽 앞에 나타나는 사람은

거기서 당신의 온순한 또 한 사람의 자식의 손으로

그 떨리는 가슴팍이 갑자기 도려내어지는 것이오.

한층 돌연히 더욱 예리하게 도려내기 위하여

당신 자식의 팔이 엄지손가락 살무사처럼 쪼그라져 있는 것을

보시오

그리고 또 보시오

벽의 반대쪽을

그쪽 건물 속에서

많은 방과 복도와 계단과 움막 속에서

당신과 매우 닮은 이웃 엄마의 아들들이

자물쇠를 비틀어 끊으며

금고를 억지로 열고

마루와 천장을 뒤집으며 집 안을 온통 들쑤시고 있는 것을

도둑질하고 있는 것을

그리고 그것을 거부하는 모든 가슴들이

둥근 가슴이나 젖가슴이 나온 가슴이나 당신처럼 주름 있는

가슴들이

당신 아들 것과 똑같은 총검으로

앞뒤로부터 찔려 구멍이 나는 것을 보시오

오오

얼굴을 돌리지 마시오 어머니여

당신의 아들이 살인자가 된 것에서 눈을 떼지 마시오

그 살인자의 표정과 자세가 여기 신문에 사진이 되어 실린 것을

그 떨리는 손바닥으로 가리지 마시오

사랑하는 아들을 가슴에서 뜯어내어

그리고 그 가슴에 못이 박힌 천명의 엄마들이 있는 앞에

당신이 그 속의 다만 한 사람뿐인 것이라는 그 사실 앞에

어머니,

나와 나의 형님의 오로지 한 사람뿐인 엄마여

그 자주 깜박이는 노안(老眼)으로 못 본 체하지 마시오

나카노 시게하루 中野重治

나카노 시게하루中野重治, 1902~1979는 일본의 후쿠이현福井縣에서 태어나 도쿄대학을 나온 소설가이며 평론가인 동시에 초기 프롤레타리아 시인입니다. 도쿄제국대학 독문과 재학 중에 사회문예연구회를 만들어 본격적인 문학 활동에 들어갑니다. 동인잡지『나상裸像』『기관차機關車』등에 우수한 시를 발표합니다. 또한 전일본무산자예술연맹全日本無産者芸術連盟에 참가하여 프롤레타리아문학의 대표적 평론가로서 글을 썼습니다. 사상 탄압이 혹독했던 1931년 공산당에 입당하여 투옥되기도 하였으나 권력에 대하여 저항하는 태도는 한결같았습니다. 함께 저항운동을 하였던 한국인과의 작별을 주제로 쓴「비 내리는 시나가와역」은 그의 대표 시로서 유명합니다.

위의 시는 중국의 상하이총공회上海總工會 벽 앞에 사람들을 세워놓고 총을 겨누고 있는 일본인들을 묘사하고 있습니다. 어머니가 아들을 키울 때 어느 누구라도 사람의 목숨을 빼앗는 살인자가 되기를 원한 사람은 없을 것입니다. 시인은 전쟁이란 보통 사람마저 살인자가 되어가는 것을 주제로 삼아 반전을 호소하고 있습니다.

"당신의 자식은 사람을 죽이려 하고 있소/ 알지도 못하는 사람을 이유도 없이 찔러 죽이려 하고 있소"라는 그

일본군이 중국군 포로를 철조망에 가두고 살육하려는 모습. 이 사진은 외부 유출 '불허가'란 도장이 찍혀 있다.

목소리는 다시 또 "그 살인자의 표정과 자세가 여기 신문에 사진이 되어 실린 것을/ 그 떨리는 손바닥으로 가리지 마시오"라고 말하고 있습니다. 그 대상이 국경을 달리하는 외국인이라 할지라도 "알지도 못하는 사람을 이유도 없이 찔러 죽이려" 하는 것이 전쟁임을 고발하고 있습니다. 그것도 일반인들의 집을 자물쇠를 끊어가며 마구 약탈하며 찔러대는 잔인한 광경을 생생하게 그리고 있습니다.

　직접 전쟁에 나가 살생하지 않는 그 '어머니'라 하여도 못 본 체하면 안 된다는 것을 강조하고 있습니다. 나 한 사람쯤이야 못 본 체하면 어때 하고 생각하거나 또는 외면할 때, 잔인한 전쟁은 계속될 수 있음을 암시하고 있습니다.

열차와 손수건

한 대의 열차가
와하고 기겁하듯이 만세를 외치면서
시베리아로 출병하는 병사를 태우고
통과하여 가는 순간—

창문으로 다투듯이 흔드는 손수건
연도의 사람들은 망연히 서서 배웅한다
한 사람의 늙은 차부만이
만세를 부르며 모자를 흔들었다

나의 혼은 우선 놀라,
말할 수 없는 비장함에 잠긴다
마치 자포자기한 듯 대답하는 그들의 아비규환
죽으러 가는 것이다. 죽으러 가는 것이다.
참으로 국민적 비극이다.

나는 저절로 밀려오는 감정에

갑자기 창연하게 소름이 돋더니

이어서 두 눈 가득히 눈물이 고였다

아 아 그대들이여

나는 만세를 부르기에는 모든 것을 지나치게 알고 있다.

용서하시게, 나는 눈물로써 그대들을 보낸다.

후쿠타 마사오 福田正夫

전쟁은 독일이 무제한 잠수함작전을 결정함으로써 1917년에는 미국도 참전하게 되었고, 중국까지 연합국 측에 힘을 보탰습니다. 삼국동맹국이었던 이탈리아마저 연합국으로 돌아섰기 때문에 독일과 오스트리아 동맹하고는 비교가 되지 않을 정도로 연합국이 커다란 세력을 갖게 되었습니다. 전쟁이 길어짐에 따라 병기도 매우 진보하게 되어 영국에서는 전차戰車를, 독일에서는 독가스와 폭격용비행기를 활용하게 되어 그 피해가 커져갔습니다. 전쟁터에서뿐만 아니라 본국의 국민 생활이 힘들어지면서 노동자들을 위주로 무모한 전쟁을 일으킨 정부에 반대하는 운동이 각국에서 일어났습니다. '평화와 빵'을 요구하며 전제군주제를 타도한 1917년 러시아혁명이 그 단적인 예입니다. 러시아혁명정부는 독일과 단독 강화조약을 맺고서 무조건 전쟁 중지를 선언합니다. 일본을 비롯한 연합국은 러시아혁명을 달가워하지 않았습니다.

시베리아를 일본의 세력하에 두고자 마음먹고 있던 일본 정부는 재빨리 이듬해인 1918년 1월 12일 블라디보스토크에 군함을 2척 파견합니다. 그러고는 2월 5일 일본 외상이 미국 대사에게 동부 시베리아 철도 관리를 제의하지만 미국이 동의해주지 않습니다. 또 5월 16일에는 시베리

1차대전 시기 러시아군이 살해한 체코슬로바키아 군인들. (위)
시베리아로 출정하는 일본군. (아래)

아 방면으로 일본군을 파견할 때 중국이 협력해줄 것을 의
무조항으로 넣은 일화육군공동방적日華陸軍共同防敵에 대한 각
서를 조인하는 등 치밀한 계획을 세웁니다. 6월 21일 영국

이 일본의 시베리아 출병을 요청해 옵니다. 7월 8일에는 미국이 체코군 구출을 위한 일미공동출병日米共同出兵을 제기해 오자 일본은 동의하는 동시에 병력 제한은 거부합니다. 원래 오스트리아 영토 안에 있으면서 독립을 꾀하고 있던 체코슬로바키아 사람들은 오스트리아가 의도한 것과 달리 연합국을 상대로 치열하게 싸우려고 하지 않았습니다. 이에 러시아군은 체코인을 쉽게 항복시키고 포로로 끌고 갔습니다. 이들 포로는 소비에트혁명군에 의해 시베리아로 이송되는데, 그 숫자가 20만 명 정도였다고 합니다. 드디어 일본 정부는 시베리아 출병을 선언하며 우선 일본군 1만2천 명을 파견합니다. 3개월 후에는 7만3천 병력을 보내 동부 시베리아 요지를 점령하였습니다. 체코군 포로 구출은 하나의 구실이었고 일본의 세력을 극동까지 뻗치려는 의도였습니다.

후쿠타 마사오福田正夫, 1893~1952의 「열차와 손수건」은 당시의 시베리아 출병을 제재題材로 읊고 있습니다. 1연과 2연에서는 마치 한 편의 영화를 보는 듯한 생생한 묘사가 이어집니다.

열차가 출발하는 순간 사람들은 '망연히 서서' 배웅하고 있습니다. '망연히'라는 시어에서 배웅하는 사람들의 정신과 혼이 다 빠져나갔다는 것이 전해옵니다. 살아 돌아오기가 어렵다는 것을 느끼는 사람들의 마지막 작별의 모습을 시인은 잘 보여주고 있습니다. '만세'를 부르는 사람은 늙은 차부車夫뿐입니다. '만세'를 부르며 모자를 힘차게 흔들었을 것 같은 늙은이는 전쟁터로 떠나는 젊은이에게 용기를 불어넣어주려는 것이겠지만 한편으로는 저승 가는 젊은이에게 빌어주는 간단한 위령기도의 주문 같아서 더욱 애틋하게 느껴지기도 합니다.

마사오는 1920년경부터 10년 정도에 걸쳐 시단을 풍미했던 '민중시파'의 주요한 시인이었습니다. 그는 도쿄고등사범을 중퇴하고 초등학교 선생을 하다가 문필생활로 들어가 민중시운동을 추진한 작가로, 가장 서민적이고 평범한 언어로 시를 쓰던 사람입니다. 그러한 그의 시의 특징은 3연에서 시베리아로 출병하는 병사들을 지켜보며 "죽으러 가는 것이다, 죽으러 가는 것이다"라고 반복하는 데서도 잘 나타납니다. 러시아혁명의 간섭을 위한 출병을 "국민적 비극"이라며 눈물 짓고 있습니다. 무모하게 젊은이의 목숨을 앗아가는 전쟁을 혐오한 반전시에 틀림없습니다.

그 후 소비에트 정권과 인민의 강력한 저항, 열강의 의혹, 국내의 반대 여론이 고조됨에 따라 1922년 10월 일본은 시베리아에서 철수하지 않을 수 없게 됩니다, 전쟁비용

10억 엔, 전사자 3천 명 등의 막대한 희생을 낸 출병으로,
침략전쟁에 나선 이후 일본 최초의 패배를 기록한 전쟁이
기도 합니다.

해상의 우울

바다에 떠 있는 군함 수십 척,
2만 명의 해병으로 형성된 남서의 나라,
매연과 잡음과 항구를 흐르는 짙은 기름 냄새.

일체의 병기(兵器)는 깨끗이 닦여졌고,
거대한 포문은 햇살에 뜨거워졌고, 대포의 탄환은 3리나 날아
가는 것이다.

과학의 힘과 국가의 부(富)를 쏟아부어,
인간 집단의 피와 땀에 의해 완성된 장관(壯觀).

아아 이 시대착오의 크게 웃을 일, 군축합의는 하나의 양심인
가.
근질근질 전쟁이 하고 싶어지는 것은 누구인가.

긴장과 난센스와 허무와 잔악과 낭비와
인간 개개인의 생활난과 그리고 평화라고 하는 녀석.

천(千)의 인간을 태우고 있는 군함에는

거의 그에 근접한 회색의 셔츠와 바지가 세탁되어 말려지고 있

다.

시로토리 세이고 白鳥省吾

시로토리 세이고白鳥省吾, 1890~1973는 미야기현宮城県에 태어나 현립 쓰키다테築館중학과 와세다대학 영문과를 졸업합니다. 후쿠다 마사오와 마찬가지로 '민중시파'의 대표적 시인으로서 활약합니다. 시화회의 기관지『일본시인』의 편집을 맡았고 그 밖의 잡지에 많은 작품과 평론을 발표합니다.

시인은「해상의 우울」에서 "과학의 힘과 국가의 부富를 쏟아부어/ 인간 집단의 피와 땀에 의해 완성된 장관壯觀"인 배에서 "근질근질 전쟁이 하고 싶어지는 것은 누구인가"라고 질문합니다. 이어, 그것은 "긴장과 난센스와 허무와 잔학과 낭비"라고 답하며 통렬하게 전쟁을 비판하고 있습

1914년 중국 앞바다에 전개한 일본군 함대.

니다.

　1차 세계대전에는 그동안 축적된 과학기술을 바탕으로 새로운 무기들이 다양하게 등장합니다. 장거리 대포, 전차, 기관총, 수류탄, 독가스, 전투기가 그 대표적 예입니다. 1870년대에 잠수함이 처음 만들어졌으나 디젤기관이 사용된 전투용 잠수함이 자리 잡은 것은 1차 세계대전 때입니다. 독일 잠수함 U보트는 군함과 상선을 불문하고 무차별 공격하여 영국을 한때 궁지에 몰아넣고 미국의 참전도 불러왔습니다.

　사망자가 900만 명, 부상자도 2200만 명 이상이나 되었습니다. 30여개국 나라에서 15억 명 정도의 인구가 직·간접으로 전쟁에 참여했고 금전적 피해도 천문학적 수준입니다. 이 전쟁을 통해 국제사회의 지도자 국가로 등장한 나라가 미국입니다.

살육의 전당

사람들이여 주의하여 걸어 들어가시오.
고요히 채워진 비통한 영혼의
꿈을 빛을
어지럽히는 일 없이 물고기처럼 걸으시게.

이 유취관 속의 포탄의 파편이랑
세계 각국과 일본의 갖가지 대포와 소총,
무겁도록 둔탁하면서 잔인한 미소는
그 어떤 손으로도 따뜻하게도 부드럽게도 할 수 없이
현장에서 현장으로 전전하여 피투성이로 굴러대어
그러면서 운명의 동굴에 멈춘 듯이
의연하게 꼼짝 않고 있다.

나는 또, 그 옛날부터 명인이 다듬은 갖가지 도검과
훌륭한 갑옷과 투구, 적의 전리품 외에도,
메이지 전쟁이 낳은 수많은 장군의 초상이
벽면에 나란히 있는 것을 본다.

죽음과는 멀리 떨어진 데에서

채색되어진 아름다운 군복과 근엄한 얼굴은,

뱀이 껍질을 벗은 듯 힘없이 장식되어 빛나고 있다.

나는 또 수족을 잃고 황후폐하로부터 의수와 의족을 하사받았다고

하는 사병의 작은 사진들이 무수히 늘어서 있는 것을 본다.

그 사람들은 지금 어떻게 지내고 있을까?

그리고 전쟁은 어떤 영향을 그 가족에게 준 것일까?

다만 조국을 위해 싸우시오

목숨을 새털보다 가벼이 여기라, 고

아 아 출정하여 전쟁터로 고통으로……

그리고 고향에서 온 편지, 진중의 무료함, 죄악,

전우의 최후, 적진에서의 탈취, 진흙 같은 피로……

그 모든 피와 눈물과 환희 등의 무수한 경험의 전개여, 매몰이여.

따뜻한 가정의 단란함, 젊은 아내, 늙으신 부모, 그리운 형제자매와 아이들,

나는 이 병사들의 배경으로서 그것들을 생각한다.

그리고 보이지 않는 유산탄도

우르르 쾅쾅 하늘에 표효하는 그 어떤 것도 날려 보냈다.

멈추기 어려운 인류의 욕구가

영원히 피투성이로 들려오는 세계의 전쟁승리 함성이여,

화약연기 냄새여,

진군의 나팔소리여.

오- 살육의 전당에

모든 상처 입은 혼백은 포개져 쌓이고,

가라앉은 겨울날 공기는 죽음처럼 차갑게 맑아 있다.

그리고 아무 일도 없다.

시로토리 세이고白鳥省吾

「살육의 전당」은 시적 화자가 유취관遊就館에 들어가는 것에서부터 시작됩니다. 유취관은 태평양전쟁 패전까지 야스쿠니신사靖國神社 경내에 있었던 일본의 무기박물관인 동시에 전쟁기념관이었습니다. 그 유취관을 작가는 "살육의 전당"이라고 표현하고 있는 것입니다. "포탄의 파편/ 일본의 갖가지 대포와 소총"은 "둔탁하면서 잔인한 미소"가 되어 운명의 동굴에 꼼짝 않고 있습니다.

2연에서는 장군들의 "갑옷과 투구"가 "뱀이 껍질을 벗은 듯 힘없이 장식되어 빛나고" 있습니다. 그 장군들의 지

패전까지 야스쿠니신사 경내에 있던 무기박물관이자 전쟁기념관이었던 유취관(遊就館). 유취관은 1877년 서남전쟁 당시 구상되어 1882년에 이탈리아 고성 양식 건물로 개관했다. 이후 수차례의 증축과 개조를 거쳐 1961년에는 야스쿠니신사 경내에 야스쿠니신사보물유품관(靖国神社宝物遺品館)으로 개칭되었다. 1980년에 유취관으로 다시 이름을 바꾸고 2002년에 본관을 전면 개장하여 오늘날에 이르고 있다.

배하에 있었던 사병들은 "목숨을 새털보다 가벼이 여기라"는 그 한마디에 출정하여 피로만을 얻은 채 "피와 눈물과 환희 등의 무수한 경험"을 묻어야 했습니다. 전쟁이란 무엇인가요? 위의 글에서 볼 수 있듯이 피투성이로 들려오는 전쟁승리의 함성과 화학연기 냄새일 뿐입니다. 아무것도 남기는 것이 없습니다. 늙으신 부모와 젊은 아내, 형제자매들을 모두 날려 보내는 비극입니다 당시에 이렇게 쓰는 것은 대단히 용기를 낸 것입니다. 마지막에 "그리고 아무 일도 없다"라고 반어적으로 쓰고 있습니다.

3부

불꽃 튀는 전쟁

—제2차 세계대전 · 태평양전쟁—

제1차 세계대전을 계기로 황제의 권력에 의한 국가지배체제가 인민의 손에 의한 국가체제 혹은 의회주의를 취하는 공화국으로 바뀌게 되었습니다. 경제적인 면에서도 점차 자본주의 경제가 눈부신 발전을 이루지만, 민중의 생활 향상은 그에 미치지 못했습니다.

더욱이 자본주의 제국의 발전은 불균등이 두드러졌고, 1929~33년의 세계 공항은 이와 같은 불균등에 근거하는 국제 대립을 첨예화시켰습니다. 자본주의 열강인 영국과 프랑스는 블록경제를 형성하여 공항을 극복하였으나, 제1차 세계대전의 패전국인 독일은 막대한 배상금을 지불하느라 자본주의 국가의 기틀을 다질 여력이 미약했습니다. 경제가 괴멸적인 상황에 놓였던 독일을 비롯하여 이탈리아·일본은 위기에서 벗어나기 위해 전체주의를 선택했습니다. 전체주의는 이탈리아에서는 파시즘으로, 독일에서는 나치즘으로, 일본에서는 군국주의로 나타났습니다. 일본은 군사력을 키워 전쟁을 일으키는 것을 국가의 가장 중요한 목표로 삼았습니다.

1939년 9월 1일 새벽 6시, 독일의 폭격기들이 폴란드의 수도 바르샤바를 급습했습니다. 제2차 세계대전이 시작된 것입니다. 영국과 프랑스는 이틀 뒤에 독일에 선전포고를 하고 여러 나라가 여기에 합세했습니다. 소련은 폴란드 동부와 발트 3국을 합병했습니다.

독일은 또 서쪽으로 네덜란드·벨기에를 점령한 후 프랑스로 쳐들어가 프랑스 영토의 3분의 2를 손에 넣었습니다. 1940년 6월 프랑스 정부는 독일과 휴전협정을 맺으면서 남부의 '비시'라는 도시에 정부를 세웠습니다. 하지만 프랑스의 드골 장군은 이에 불복하여 런던에 망명정부를 세우고 대독항전對獨抗戰을 호소하며 '자유프랑스운동'을 벌였습니다. 히틀러는 유일하게 남은 적인 영국을 물리치려고 U보트를 이용해 영국으로 향하는 배를 모조리 가라앉혔지만, 연합국은 처칠을 중심으로 하늘에서 벌인 전투에서 독일군을 이겼습니다. 영국에 패한 독일군은 방향을 바꾸어 발칸반도를 점령하고 아프리카로 진격했습니다. 거의 전 유럽을 차지한 독일은 1941년 6월 약속을 깨고 소련을 기습 공격하였습니다. 이때 미국이 전쟁에 뛰어들어 연합국을 지원하자 소련도 독일과의 동맹을 깨고 연합국에 가담합니다. 이 무렵 미국과 영국이 만나 「대서양헌장」을 발표하여 전쟁 후의 평화원칙을 밝힙니다.

한편, 1차 대전의 최대 수혜자는 일본이었습니다. 전쟁을 통해 국내 경제 불황과 재정위기를 한번에 떨쳐낸 것입니다. 전쟁 특수로 주문이 밀려들어와 급증한 수출 덕분에 벼락부자가 된 동시에 점차 공업국으로 발전해갔습니다. 해운·조선·철공 등의 진전은 눈부실 정도였습니다. 그러나 전쟁이 끝난 후의 타격은 세계 각국의 경제에 영향을 미쳤고, 일본도 노동자 대중은 살기가 매우 힘들었습니다. 심각한 불경기로 넘쳐나는 생산의 배출구가 막히자 일본의 지도자들은 이를 해결하기 위한 방책으로 또다시 군사력을 통한 중국 진출을 도모하게 됩니다.

당시 중국의 민족운동은 1921년 광둥廣東에 쑨원孫文을 대총통으로 하는 국민정부가 생겨나 있었습니다. 쑨원의 뒤를 이은 국민정부의 장제스蔣介石는 중국공산당의 마오쩌둥毛澤東과 손을 잡고 중국 통일에 착수하고 있었습니다. 다음의 시가 쓰인 것은 1928년 10월인데, 같은 해 4월 일본의 다나카田中 내각은 국내의 반대 여론을 무릅쓰고 장제스의 북벌 재개를 기회 삼아 지난濟南에 있는 일본인 보호를 명목으로 제2차 산둥 출병을 강행합니다. 그때의 상황을 반영한 시입니다.

전쟁에 나가고 싶지 않다

―왜 전쟁에 나가고 싶지 않다고 말하는 것인가.

―죽이지 않을 수 없다는 기분이 내 속에 일어나지 않고 있는데도 본 적도 없는 사람과 서로 죽여야 한다는 것이 싫은 것입니다.

―모두 기꺼이 소집에 응해 오지 않는가.

―거짓입니다.

―군중은 저렇게 열광하고 있지 않은가. 온 나라가 들끓고 있지 않은가.

―속고 있는 것입니다.

―속은 정도로 저렇게 마음속에서부터 열광할 수 있다고 생각하는가?

―마음속에서부터요?

―마음속에서부터다.

―만약 그렇다면 비록 속고 있다 하여도 저는 침묵하겠습니다. 그러나 한 사람이라도 무리하게 끌어내져 어쩔 수 없이 군중의 집단에 어울려 있는 사람이 있다면 당신을 증오하겠습니다.

―증오한다고 해서 어떻게 되는 것도 아니지 않는가.

—증오하는 사람이 무수히 생겨도 그렇습니까?

—입 닥쳐! 전쟁은 이미 시작됐어. 자네도 소집되어 있잖아.. 싫어도 좋아도 가야만 하지 않는가.

—가고 싶지 않습니다.

—총살이야!

—가고 싶지 않습니다.

가나이 신사쿠 金井新作

"한 사람이라도 무리하게 끌어내져 어쩔 수 없이 군중의 집단에 어울려 있는 사람이 있다면" 증오하겠다는 말은 한 사람의 목숨을 전 우주로 보는 매우 인도주의적인 차원의 발상입니다. "입 닥쳐!/ 총살이야!"라는 언어에서 전쟁의 비정함이 그대로 묻어나고 있습니다. 그래도 "가고 싶지 않습니다"라고 매우 솔직하고 당당하게 대답하고 있습니다. 징병에 의해 전쟁에 끌려나가는 민중의 속마음과 무리하게 전쟁으로 끌어들여야만 하는 권력의 초조함이 잘 나타나 있습니다.

가나이 신사쿠는 많이 알려져 있는 시인이 아니어서 그런지 언제 죽었는지도 모릅니다만 인간 공동체에 대한 애정은 다른 어떤 시인보다 손색이 없다고 느껴집니다. 그의 다른 작품 「총살」이라는 시에서도 그의 인류애를 맛볼 수 있습니다.

총살
―어느 국경수비병의 이야기―

  ―이 불령한 조선인들을, 그 나무숲에, 붙들어 매라. 눈을 가
리고

중대장의 명령에는, 티끌만 한 정도 없었다
네 사람의 조선인은, 비통한 목소리로, 울부짖었다
땅바닥에 몸을 내던지고, 하늘로 두 손을 들어 올리고, 도움을
청하는 모습!
우리들, 뽑혀진 열 사람, 사격의 명수(名手)
우리들의 가슴은 네 사람의 울음소리로 가득 찼다
우리들의 마음은, 이 잔인한 총살을 거부했다

  ―엎드려 총! 일제 사격!

우리들은 탄환을 재어야만 했다
실탄이다
우리들의 손은 부들부들 떨렸다

네 사람의 살려달라며 비는 슬픈 목소리가 청명한 국경의 하늘
에 울려 퍼졌다
필사적으로, 몸부림치는, 그 절망적인 노력은, 우리들 가슴을
후비어팠다
우리들은 목표를 겨누었다

　—발사, 총!

굉장한 음향!
그러나—
한 발도 명중한 것은 없는 게 아닌가

한 번으로 죽지 않으면 방면(放免)하는 것이 규칙이다
중대장을 봤다
거기에 잔인한 두 개의 눈동자가 분노로 떨고 있었다

　—겁쟁이 녀석들! 내가 이렇게 보여주마
중대장은 번쩍 군도(軍刀)를 빼 휘둘렀다
네 사람의 조선인은 눈가리개가 벗기었다
순간, 희열에 빛나던 얼굴은, 예리한 칼날을 보자, 확 흐려졌다
곧장 네 사람은 땅바닥에 베어 쓰러졌다

피가 떨어지는 군도를 씻으면서, 중대장은 히쭉 웃었다.

우리들의 총구는, 중대장의 가슴팍으로 빨려 들어갔다
우리들은, 잠자코, 끓어오르는 눈물을 삼켰다

가나이 신사쿠金井新作

「총살」에서 10명의 총잡이들은 사격의 명수였지만 중대장의 명령을 못 들은 체하며 일부러 명중시키지 않았습니다. 시「전쟁에 나가고 싶지 않다」의 대화에서도 말하고 있듯이, 본 적도 없고 나와는 아무 관련이 없는 '조선인'이기에 "죽이지 않을 수 없다는 기분이 내 속에 일어나지 않고" 있었기 때문이었을 것입니다. 본성이 시키는 대로 했던 총잡이 열 사람은, 규칙을 어기고 네 사람의 '조선인'을 군도軍刀로 베어버린 중대장의 잔인한 눈동자에, 이제는 분노를 느껴 총구를 들이대어보지만 그 비뚤어진 권위 앞에 눈물만을 삼켜야 했음을 고백하고 있습니다.

일본 침략군은 무고한 한국인을 "불령선인不逞鮮人"이라고 부르며, 재판에도 넘기지 않고 학살했습니다. 이 시는 그러한 처형에 의한 살인행위를 고발하고 있습니다. 총살 집행을 명령받은 하급 병사들 전원이 일부러 목표를 빗겨간 행위에서 시인은 선량한 일본 인민의 양심을 암시하고 있습니다. 구사일생九死一生으로 목숨을 건졌다고 생각하며 웃음 짓는 '조선인'을 참살하는 일본 직업군인의 잔인함은 "히쭉 웃었다"라는 시구에 단적으로 나타나 있습니다.

가나이 신사쿠는 1904년에 누마즈시沼津市에서 태어나 게이오대학慶応大学 불문과에서 공부하며 1921년부터 시를 쓰기 시작했습니다. 1925년에 시지詩誌『분류奔流』를 주재하였으며, 1930년에는 오노 토사부로小野十三郎 등과 『탄도弾道』를 창간하여 아나키즘 문학운동의 동반자가 되었습니다. 개인 시집에 『추억追憶』이 있습니다.

　　일본은 계속 중국과 전쟁할 빌미를 만들려고 일부러 사건을 조작하기도 하였습니다. 1931년 일본은 중국의 류타오거우柳條溝 철도를 폭파하고 중국인들이 폭파했다고 주장하며 군대를 만주지방으로 보냈습니다. 이렇게 일어난 전쟁이 만주사변입니다. 만주지역을 점령한 일본은 지린성吉林省 창춘長春에 괴뢰정부인 만주국을 세웠습니다. 1936년 8월에는 히로타廣田 내각이 아시아 남방지역으로의 진출도 국책으로 정하며 군비를 확장시켜갔습니다.

　　1937년에는 중일전쟁을 일으켜 난징南京에서 약 30만 명의 중국인을 학살하여 세계인을 놀라게 합니다. 중일전쟁은 1937년 7월 7일의 베이징 교외의 루거우챠오盧溝橋 사건을 계기로 시작되어 1945년 9월 2일의 일본 항복까지 계속된 중국과 일본과의 전면전쟁입니다. 우리나라와 마찬가지로 중국인에게 항일抗日・배일排日 신념이 골수에 배게 된 것은 당연한 일이라 하겠습니다.

　　일본은 중일전쟁 후 경제적으로 어려움을 겪자 자원이 풍부한 동남아시아로 진출해 인도차이나반도를 점령합니다. 그러자 미국이 영국·중국·네덜란드와 함께 일본을 둘러싸고 경제적 압박을 가합니다. 그중에서도 전부터 일본의 중국 침략을 비난하고 있었던 미국은, 삼국군사동맹을 비롯하여 인도네시아 등으로 진군하며 전쟁을 확대해가는 일본의 처사에 심기가 불편했습니다. 드디어 일본으로의 물자 수출을 제압하기 위하여 일미통상조약을 파기하며 적대관계를 분명히 나타냈습니다.

　일본은 이에 네덜란드령인 인도네시아에까지 자원 확보의 손을 뻗치면서 미국과의 대화의 길도 모색했으나, 미국은 중국으로부터의 전면 철퇴를 주장합니다. 이러한 탓에 미일전쟁이 반드시 올 것이라고 예측한 일본 정부는 외교적으로는 미국에 친구가 많았던 노무라野村 해군대장을 워싱턴에 보내놓고, 한편으로는 함대를 하와이 섬 부근까지 바짝 대어놓고 선전포고를 하기 전에 공격을 했습니다. 1941년 12월 8일 하와이의 진주만을 기습 공격함으로써 초반전을 유리하게 전개해갔습니다. 삼국동맹의 약속에 따라 독일과 이탈리아도 미국과 전쟁을 합니다. 이들 동맹국을 '추축국'이라고 부르며 이에 맞선 미국·영국·소련의 민주주의 연합국들이 '연합국'이라 불리며 세계는 크게 둘로 나뉘어 싸우게 됩니다. 진주만 공격으로 시작된 태평양전

"백인 목 자르기의 초기록". 두 소위(向井 106 : 野田 105)의 백인 목 자르기가 연장전에 돌입했다는 기사를 실은 당시의 신문. (출처: 난징대학살기념관)

쟁은 이듬해 여름부터 연합국의 총반격으로 상황이 바뀌기 시작합니다.

　전부터 일본은 중국 침략에 대해 온 세계의 비난을 받자, 영토에 야심이 있어서가 아니라 일본·만주·화북을 하나로 하여 '동아東亞의 신질서'를 만들어 공산주의를 막아내기 위해서라고 주장해왔습니다. 그러던 것이 미국과의 태평양전쟁으로 확대되자 이번에는 서쪽은 미얀마에서 동쪽은 하와이까지의 대동아 전체를 하나로 묶는 '대동아공영권大東亞共榮圈'을 실현하기 위해서라는 구실을 붙입니다.

　그러나 미국은 미드웨이 해전에서 일본을, 소련은 스

125

탈린그라드에서 독일을, 영국은 아프리카에서 독일을 크게 물리칩니다. 또한 연합군이 시칠리아 섬에 상륙하면서 무솔리니의 파시스트 정권이 무너집니다. 나중에 미국 대통령이 되는 아이젠하워 장군이 총지휘한 노르망디 상륙작전이 성공하면서 파리가 독일군으로부터 해방됩니다. 이 작전이 성공하면서 연합군은 전쟁에서 확실한 우위를 차지하게 됩니다.

전쟁

천 번이나 나는 골똘히 생각했다.
일억이나 되는 저항 속에서
'도대체 전쟁이란 무엇인가?'

전쟁이란 끊임없이 피를 흘리는 것이다.
그 흘린 피가, 헛되이
땅에 스며들고 마는 것이다.
나도 모르는 사이에. 계속 흘리는 나의 피가.

적도, 아군도 똑같이,
'이겨야 한다'고 필사적이 되는 것이다.
쇠 주전자도, 다리난간도 부서뜨려
대포와 군함으로 만드는 것이다.

반성하거나 감상에 젖는 것은 모두 그만두고
기와를 굽듯이 틀에 짜 맞춰, 인간을 모두 전투용으로 내모는
것이다.

열아홉의 자식도.

오십의 아비도.

열아홉의 자식도.

오십의 아비도.

하나의 명령에 복종하여.

좌향좌!!

우향우!!

하나의 표적에 방아쇠를 당긴다.

적군의 아비와

적군의 자식에 대해서는

생각할 필요도 없고 추호도 망설일 필요가 없다

그것은, 적이니까.

그리고, 전쟁이 생각하는 바에 의하면

전쟁보다 이 세상에 훌륭한 것은 없다.

전쟁보다 건전한 행동은 없고,

군대보다 밝은 생활은 없으며,

또 전사보다 더 나은 명예는 없는 것이다.

아들이여. 진정 기쁘지 않은가.

너와 나 이 전쟁 통에 태어난 것은.

열아홉의 자식도

오십의 아비도

똑같은 제복을 입고

똑같은 군가를 부르고.

가네코 미쓰하루 金子光晴

가네코 미쓰하루金子光晴, 1895~1975는 일본의 시인 중에서도 좀 남다른 데가 있는 사람입니다. 그는 국가에 대하여 강하게 저항하며 전쟁과 권력에 대항하는 반전시를 가장 많이 쓴 작가입니다. 그는 제2차 대전 중에도 붓을 놓지 않고 철저히 국가의 거대한 권력을 풍자하고 조롱하며 저항했습니다. 이는 그의 평탄치 못했던 어린 시절과 맞물려 불우한 청년기를 보내게 된 것에도 원인이 있다고 할 수 있습니다.

미쓰하루는 아이치현愛知縣에서 술장사를 하는 부모님 사이에서 태어났으나, 겨우 두 살 때 건설업을 하던 양부와 당시 16세밖에 되지 않은 신경질적인 양모에게 입양됩니다. 아버지 사업 때문에 교토로 이사를 가게 된 이후, 미쓰하루는 교토의 향락적 분위기에 어울리면서 너무도 이른 나이에 여성에 눈을 뜨게 되고 상처를 받아 비뚤어진 여성관을 가지기에 이릅니다. 다시 양아버지를 따라 도쿄로 올라온 미쓰하루는 14살 즈음부터는 한학漢學에 흥미를 가져 『십팔사략十八史略』, 『사기史記』 등을 읽는 데에 심취하여 200일 가까이 학교에 나가지 않아 낙제를 하기도 합니다. 어릴 때부터 전통적 일본화에 관심이 있어 개인지도를 받기도 했던 미쓰하루는 그 무렵부터 소설가에 뜻을 두어 단편을 써 보기도 하면서 유곽에 드나들기도 합니다.

매우 조숙했던 미쓰하루는 중학교를 졸업하고 와세다

대학 영문과에 입학했으나 2년 후에 그만두고, 도쿄미술학교東京美術學校 일본화과에 입학합니다. 그곳에도 거의 출석하지 않고 5개월 만에 퇴학을 한 그는 다시 게이오대학 영문과 예과豫科에 입학하지만 병이 나서 휴학을 하고, 병상에서 시를 쓰기 시작합니다. 어느 것 하나 제대로 끝까지 마치지 못한 미쓰하루는 24세 때 시집『적토의 집赤土の家』을 자비 출판하고 나서 최초로 유럽 여행을 떠납니다. 1919년 2월부터 1921년 1월까지 영국, 벨기에, 파리 등지를 떠돌아다니다 돌아옵니다.

미쓰하루는 직접 쓴 전기를 통해 자신의 추하고 어두운 면을 거침없이 토로하고 있으면서도 그 원인을 개인 성향에 두기보다는 국가와 시대적 배경에 의거하고 있는 특징을 보입니다. 예를 들면 "메이지 말기에서 다이쇼 초기에 이르면서 전쟁으로 일류국가가 된 일본인의 허영이 감수성이 예민한 소년이었던 나를 이상하게 몰아붙였다"거나 "나는 정신의 피로감 불안감이 채워지지 않은 채 자기억제와 질서의 정렬이 부족한 사람이 되었다. 그 미숙함에는 '시대'에서 떠넘겨진 것도 있다는 것을 무시할 수 없다고 생각한다. 개인은 항상 시대의 희생양이기 때문이다"라고 말하는 것들입니다.

여기서 우리는 미쓰하루가 말하는 그 '시대'를 좀 더

구체적으로 들여다볼 필요가 있습니다. 청일전쟁이 끝나던 해에 태어난 미쓰하루는 일본이 태평양전쟁에서 패한 1945년, 즉 그가 50살이 되던 해까지 여러 번의 전쟁을 직간접으로 체험하였습니다. 러일전쟁, 중일전쟁, 두 번에 걸친 세계대전 등, 세계적 격변기 속에서 함께 날뛰었던 일본입니다. 이런 시대를 살아온 사람들이라면 전쟁을 혐오하거나 반전사상을 품게 되는 것은 지극히 당연한 일일 것입니다. 그러나 좀처럼 그러한 사상을 표면적으로 내보이는 일본인이 드물었던 것과는 달리 미쓰하루는 '전쟁' 그 자체에 대하여 의문을 던지고 있습니다. "도대체 전쟁이란 무엇인가?"라고. 그리고 스스로 대답을 하고 있습니다.

전쟁이란 끊임없이 피를 흘리는 것이다.
그 흘린 피가, 헛되이
땅에 스며들고 마는 것이다.

전쟁이란 "끊임없이 피를 흘리는 것"으로, 그것도 어디에 소용이 되는 것이 아니라 그저 "헛되이 땅에 스며들고 마는" 일일 뿐이라고 규정하고 있습니다. 나의 조그마한 헌혈이 타인의 목숨을 살릴 수도 있는데 말입니다. 내가 있음으로 해서 주위를 따뜻하게 하고 한 사람에게라도 보탬이 되고 의지가 되어주는 역할을 할 수 있다면 그것만으로도 이승에 존재했다가 저승으로 돌아가는 의미가 있지 않을까요?

또 전쟁은 "쇠 주전자도, 다리난간도 부서뜨려/ 대포와 군함으로 만드는 것이다"라고 말합니다. 이 대목에서는 1938년 '국가총동원법'을 제정하여 한반도의 모든 물자를 '공출'이라는 이름으로 빼앗아 갔던 것이 떠오릅니다. 이 법에 의해, 일본은 무기를 제작하기 위해 교회와 사찰의 종은 물론이고 가정집의 가마솥과 숟가락까지 거두어 갔다고 합니다.

반성하거나 감상에 젖는 것은 모두 그만두고
기와를 굽듯이 틀에 짜 맞춰, 인간을 모두 전투용으로 내모는 것이다.

인간이 인간인 것은 잘못을 저질렀다고 하여도 곧 후회를 하거나 반성을 하며 다시 바른길로 나아가 자신과 공동체에 유익한 일을 할 수 있기 때문일 것입니다. 그래야만 '사람'일 것입니다. 그러는 한편 아름다운 것을 동경하고 가꾸며 그것을 감상하는 감성이 풍부할 때 비로소 생생히 '살아있는 사람'이라고 할 수 있을 것입니다.

그런데 전쟁은 그 모든 사람다운 일은 그만두게 하고 '인간을 모두 전투용으로' 내몰고 있는 것입니다. 남자를 전투용으로 내몰아 징병이나 징용으로 끌고 간 것은 물론이고 여자들도 근로 정신대와 일본군 위안부로 끌고 갔습니다.

전쟁에 참여한다는 것은 그 순간 이미 사람이 아니라 하나의 기계 또는 도구에 불과한 것이라고 시인은 암시하고 있습니다. 그중에서도 두드러지는 것은 다음 시구의 반복입니다.

열아홉의 자식도.
오십의 아비도.

"하나의 명령에 복종하여/ 똑같은 군복을 입고/ 똑같은 군가를" 부르는 것이 전쟁이라고 고발하는 것에 우리는 가슴 아린 슬픔을 느낍니다. 아버지가 아들에게 보여주어야 할 권위는 물론이고 그 위계질서마저 존재하지 않는 전장에서의 모습을 시인은 간단한 언어로 반복하여 읊음으로써 그 반향이 더욱 크게 메아리치게 만들고 있습니다.

아들이여. 진정 기쁘지 않은가.

국가총동원법에 따라 여학생에게도 사격술을 가르쳤다.

너와 나 이 전쟁 통에 태어난 것은.

위와 같이 쓰고 있는 것에 혼돈을 일으키는 사람들도 혹여 있을지는 몰라도 그것은 반어적으로 자신들을 조롱하고 있는 것임을 읽어낼 수 있습니다.

전쟁보다 이 세상에 훌륭한 것은 없다.

전쟁보다 건전한 행동은 없고,

군대보다 밝은 생활은 없으며,

또 전사보다 더 나은 명예는 없는 것이다.

라고 읊고 있는 것도 마찬가지입니다. 그 앞쪽에 시인은 "전쟁이 생각하는 바에 의하면"이라고 단서를 붙여놓고 있습니다. 아무래도 언론탄압과 검열이 심했던 시기였던지라 조금 애매모호하게 쓰지 않을 수 없었을 것입니다.

미쓰하루 홀로 아시아 태평양전쟁 중에도 그 마음을 대담하게 표현할 수 있었던 것은 그 시대에 흔하지 않았던 해외생활을 통해 객관적인 시선을 갖추게 된 것도 한몫을 한 것 같습니다. 불우한 어린 시절을 지낸 시인은 결혼생활도 순조롭지 않았습니다. 그에게 두 번째의 해외여행은 순탄한 여행이라기보다는 어려운 생활을 벗어나기 위한 도피 같은 여정이기도 했습니다. 아내 미치요의 부정不貞이 일본을 떠나는 직접적인 원인이었지만 그것은 가정적이지 못한 시인 자신의 책임이 더 컸기에, 그는 무작정 그녀를 데리고 도망치듯 조국을 뒤로하게 된 것입니다. 1928년 12월 그의 나이 33살, 결혼한 지 4년째 되는 겨울날 나가사키長崎를 출발한 그네들은 말레이시아와 인도네시아 등의 동남아시아에서 다시 유럽의 파리로, 1932년 5월까지 햇수로 5년에 걸친 방랑생활을 합니다. 1937년에는 잠시 중국에 머물기도 했습니다.

보통의 사람들은 외국에 나가게 되면 자신의 부모에 대해서는 물론이고 조국에 대해서도 더욱 각별한 애정을 갖게 되는 것이 일반적이라고 생각됩니다. 그러나 어렸을 때부터 부모와 사회로부터 혜택을 받지 못하고 자랐다는 생각이 항상 시인을 짓누르고 있던 터에 아내에게서도 배반을 당한 그는 일본이라는 나라에 정을 둘 수 없었다고 생각합니다. 그는 줄곧 작품을 통해 전쟁의 무모함과 처참함을 알리는 동시에 국가에 비협력으로 대처하고 있기 때문입니다.

시에서 말하는 '일억이나 되는 저항'은 일본 국민 거의 모두가 전쟁에 나가는 것에 반대했다는 뜻일 테지만 반드시 그렇지만은 않았을 것입니다. 아무튼 미쓰하루는 전투에 나간 적이 없는데도 불구하고 전쟁에 대해 많은 생각을 했던 것은 부인할 수 없습니다. 다음은 일본이 제일 자랑하는 '후지산'을 읊으며 전쟁에 아들을 내보내야 하는 부모의 불안한 심정을 표출하고 있습니다. 같이 감상해봅시다.

후지산

찬합처럼
비좁고 옹색한 일본.

구석구석 쩨쩨하게
우리들은 몽땅 셈 세어지고 있는 것이다.

그리고 매우 실례되게도
우리네들을 소집해대는 것이다.

호적부여. 빨리 태워져버려라.
그 누구도. 내 아들을 기억하지 마라.

아들이여.
내 손바닥 안에 웅크리고 있어라.
모자 속으로 잠시, 사라져 있어라.

아빠와 엄마는, 산기슭 들녘의 오두막집에서

한 밤 내내, 그런 이야기만 하였다.

산기슭의 마른 숲을 적시며
작은 가지를 톡톡 자르는 소리를 내며
밤새도록, 비가 내리고 있었다.

아들이여. 흠뻑 젖은 네가
무거운 총을 질질 끌면서, 헐떡거리며
얼이 빠진 듯이 걷고 있다. 그곳은 어디냐?

어디인지 모르겠다. 그러나, 그런 너를
아빠 엄마가 정처 없이 찾으러 나가는
그러한 꿈만 꾼 불쾌한 하룻밤이
길고도, 불안한 밤이 지나고 겨우 날이 밝았다.

비는 그쳐 있다.
아들이 없는 텅 빈 하늘에
뭐야. 전혀 달갑지 않은
빛바랜 무명옷 같은
후지산.

가네코 미쓰하루 金子光晴

139

1942년 4월, 미 공군의 도쿄·가와사키·나고야·고베 등에 대한 첫 공격이 있고 난 후에 미쓰하루의 아들 겐瓚에게도 소집영장이 날아왔습니다. 미쓰하루는 평소 만성 기관지염을 앓고 있던 아들의 병세를 악화시키기 위해 여러 가지 방법을 취하였다고 합니다. 아들을 방에 가두어두고 마른 잎을 태워 연기를 마시게 하거나 비 오는 곳에 발가벗겨 몇 시간씩 서 있게 하여 결국 면제를 받을 수 있게 했습니다. 그는 당시의 마음을 다음과 같이 말하고 있습니다.

> 특별히 부모 사랑의 에고이즘이라고 한다면 그럴 수도 있지만 나는 타인에 비하여 그리 자식 사랑이 큰 것은 아니다. 내 본심은 이 나라 모든 사람들이 각자의 상황에 맞는 재량으로 군(軍)에 대해 부정하는 마음을 표명하여 국민운동으로 확대시켜나가기를 바랄 뿐이다. 전쟁에 대해서는 단 한 푼도 내고 싶지 않은 것이 나의 솔직한 심정이며, 계속 내 주장을 펼쳐나갈 것이다.

아들의 군 소집에 민감했던 이유가 자식 사랑이라기보다는 군국에 절대 협력하고 싶지 않았다는 것을 분명히 밝힌 내용입니다. 그리고 미쓰하루가 갖는 군軍을 부정하는 마음이 '국민운동'으로까지 확대되기를 바라는 마음을 강력히 나타내고 있습니다. 그것도 "각자의 상황에 맞는 재량으로" 표명하여줄 것을 호소하고 있습니다.

미쓰하루의 상황에 맞는 재량은 시인으로서 반전시를 쓰는 것이라고 다짐했을 것임에 틀림없습니다. 그러한 자각을 갖고 있었기에 우리는 지금 그의 시 「전쟁」이나 「후지산」을 감상할 수 있는 것입니다.

역시 미쓰하루는 '시인'입니다. 자기 자신은 물론이고 아들도 군대에 내보내지 않았으나, 아들을 군에 보내고 잠을 설치는 부모의 심정을 그는 「후지산」에서 잘 보여주고 있습니다. 전쟁터에 나간 아들이 어디에서 어떤 모양으로 지내고 있는지 모르는 부모의 속 타는 마음은 걱정을 하다가 잠시 잠이 든 시간에도 아들이 꿈에 보입니다. 그러나 그 모습은 비에 흠뻑 젖어 "총을 질질 끌면서, 헐떡거리며" 얼이 빠져 걷고 있는 것입니다. 아들이 힘없이 걷고 있는 그곳이 어디인지 몰라서 정처 없이 찾아 헤매던 꿈을 꾸고 난 날 밝은 새벽녘 "아들이 없는 텅 빈 하늘에" 후지산이 보입니다.

일본인에게 '후지산'은 그야말로 '일본국'의 상징 그 자체입니다. 그러나 내 아들이 없는 '일본'은 "전혀 달갑지 않은/ 빛바랜 무명옷" 같다고 시인 미쓰하루는 비웃고 있

후지산이 바라보이는 평원에서 기동훈련을 벌이는 일본군 전차부대

습니다. 첫 구에서부터 그는 "찬합처럼/ 비좁고 옹색한 일
본"이라고 자신의 조국을 조롱하고 있습니다. 군국주의가
지독할 정도로 개인의 자유를 박탈하고 있던 암흑기였습
니다. 대다수의 일본인들이 시대의 흐름에 아부하며 광분
하고 있던 때에 시인 미쓰하루는 독자적으로 '시'라는 매
개체를 통해 강력하게 국가권력에 저항하고 있었습니다.
진실에 대한 열정과 용기가 없이는 하기 어려운 일입니다.

　1948년 4월에 간행된 시집 『낙하산』에서 우리는 미쓰
하루가 자신의 조국 일본을 야유하거나 비꼬며 절망하고
있는 시들을 많이 만날 수 있습니다. 『낙하산』은 주로 1937

년부터 1942년까지 전쟁이 한창이던 시기에 잡지『중앙
공론中央公論』에 발표했던 것을 모아 한 권으로 출판한 것입
니다.

종이 위에

전쟁이 일어나자
날아오르는 새처럼
일장기의 날개를 세게 펼치면서 거기서부터 모두 튀어 일어섰다
한 마리 시인이 종이 위에서
무리지어 날리는 일장기를 올려다보고서는
안 돼
안 돼 하고 떼를 쓰며 부르짖고 있다
발육부전의 짧은 다리 쪼그라든 뱃가죽 들어 올리지 못하는
커다란 머리통
시끄러운 병기(兵器)의 무리들을 바라보고서는
안 돼
안 돼 하고 울부짖고 있다

안 돼
안 돼 하고 소리치고 있으나
어느 때가 되면 '전쟁'이 말할 수 있을까
불편한 육체

더듬는 사상

마치 사막에 있는 것 같다

잉크에 목마른 목구멍을 쥐어뜯으며 열사의 사막위에 비틀고
있다

그 한 마리의 커다란 혀가 부족하여

안 돼

안 돼 하고 소리치고서는

튀어 오르는 벙기 떼거지들을 바라보며

떼 지어 펄럭이는 일장기를 올려다보고서는

안 돼

안 돼 하고 소리치고 있다

야마노구치 바쿠 山之口貘

반전시 「종이 위에」는 평생을 가난과 방랑으로 살아야만 했던 오키나와의 시인 야마노구치 바쿠山之口貘, 1903~1963의 작품입니다.

　1942년 미드웨이 해전에서 대패한 이후부터 일본은 미국의 막대한 군사력에 밀려 후퇴를 거듭했습니다. 1944년 7월에는 태평양 지배의 근거지였던 사이판 섬이 함락되어 미국의 통치령이 되었으며, 11월부터는 일본 본토에 대한 미국의 공격이 본격적으로 시작되었습니다. 도쿄를 비롯한 주요 도시는 거의 불타고 군사용품을 만드는 공장도 파괴되어 국민들의 생활은 더없이 처참해져갑니다. 이듬해 1945년 3월 이오지마섬硫黃島의 일본군을 전멸시킨 미군은 다음 달 4월 오키나와에 상륙합니다. 일본은 군 수비대(육군 7만, 해군 8천)와 오키나와 현민 의용대(2만5천 명)의 힘을 합쳐 반격에 나섰으나 크게 패하였습니다. 오키나와 주민은 말할 것도 없고 양쪽 모두 많은 사상자를 냈습니다.

　야마노구치 바쿠는 오키나와의 현청 소재지인 나하那霸에서 태어나 오키나와 현립 다이이치第一중학교에 다녔습니다. 소년 시절에는 그림에도 소질을 보여 당시의 지방신문에 '오키나와의 천재'라는 칭찬 기사가 오를 정도였다고 합니다. 그러나 은행에 다니던 아버지가 가쓰오부시다랑어포 제조에도 손을 댔다가 경제공황과 더불어 사업이 실패하는 바람에 가족이 뿔뿔이 흩어져 살게 됩니다. 그는 도쿄로 올라와 와세다 도즈카早稻田戸塚의 일본미술학교에 적을 두지만 한 달 정도 다니다가 그만두고 친구의 하숙집을 전전하며 지냅니다. 이때가 19살입니다.

이듬해 1923년 20살 되던 해에 징병검사를 받고 제2 보충병이 되었으나 9월 1일 관동대지진이 일어났을 때 재난을 입어 고향인 오키나와로 돌아가는 은전恩典을 받습니다. 고향으로 돌아가기 직전, 현상금이 붙은 시 잡지『서정시』에 시 3편을 투고하여 가작佳作에 당선되기도 합니다. 귀향은 잠시로 끝나고 그는 곧바로 시를 쓴 원고를 손에 들고

오키나와현 나하에 대한 미군의 공폭

다시 도쿄로 올라와 친구의 집을 전전하는 생활을 합니다.

19살 때의 첫 상경부터 34살 결혼할 때까지 15년이 넘는 세월을 그는 다다미 위에서 자본 적이 없을 정도로 어려운 생활을 합니다.

시인들과의 접촉을 하면서 서점 배달원, 약 통신판매 등 갖가지 잡다한 일을 하며 살아갑니다. 늘 거처할 곳이 없어 낮에는 커피숍에 죽치고 있다가 밤에는 공원이나 역 근처의 벤치에서 또는 카바레 보일러실 등에서 자며 지내기도 했던 것을 그의 연보年譜를 보면 알 수 있습니다. 그러한 룸펜 같은 생활을 하면서도 여유로운 마음가짐과 그의 시에 흐르는 정서는 어느 시인의 지적처럼 '정신의 귀족'이었다고 할 만합니다.

1933년 6월 여름날, 지인이 경영하는 음식점에서 '오키나와 요리를 먹는 모임'이 있었는데 그 자리에서 시인 가네코 미쓰하루를 알게 됩니다. 미쓰하루 부부는 중매를 서서 바쿠가 결혼할 수 있도록 보살펴주고 어려울 때는 두 달씩이나 한집에 함께 사는 등 많은 도움을 주었습니다. 위암으로 수술을 받고 나서 끝내 그 병원에서 영원히 이승과 작별하게 되었을 때 장례위원장까지 맡아준 것이 미쓰하루였습니다.

1944년 10월 미군의 나하 공습으로 생가도 불에 타버

립니다. 호적명은 야마구치 주사브로_{山口重三郎}로서, 야마구치 가문은 300년이나 계속되어 내려오는 오키나와 명가_{名家}의 하나였다고 합니다.

정신의 귀족이었던 방랑시인이 「종이 위에」의 1연에서 읊고 있는 "일장기의 날개를 세게 펼치면서 거기서부터 모두 튀어 일어섰다"는 것은 당시 민중들의 자세를 상징하고 있는 듯합니다. 전쟁이 일어나자 군국에 선동당한 대다수의 서민들은 제정신을 잃은 채 흥분하고 있었을지도 모릅니다.

그다음 행의 "무리지어 날리는 일장기는" 전투하러 맹렬히 날아가는 비행기에 달린 일본의 국기_{國旗}임에 틀림없습니다. 그 펄럭이는 일장기를 올려다보며 정신이 깨어 있는 시인은 다만 "안 돼 안 돼"라고 부르짖을 뿐, 더 이상 말을 잊지 못합니다. 종이 위에 제대로 쓸 언어도 사상도 갖출 수 없었던 참담한 심정을 잘 표현하고 있습니다.

"어느 때가 되면 '전쟁'이 말할 수 있을까"라는 대목은 태평양전쟁이 한창이던 때에 언론탄압은 물론 모든 것이 군인들의 마음대로 움직여지고 있던 상황을 묘사한 것입니다. 서민들은 "쪼그라든 뱃가죽"을 움켜쥐고 군국에 휘말려 '전쟁'이란 것 자체에 대하여 옳고 그름을 생각해볼

겨를이나 그런 자유조차 허락되지도 않고, 시키는 대로 끌려 다니는 형편이었을 것입니다.

진실에 목마른 용기 있는 시인조차 제대로 된 글을 쓸 수 없었던 상황을 "잉크에 목마른 목구멍을 쥐어뜯으며"라는 표현이 잘 말해주고 있습니다. 「종이 위에」 다만 "안 돼 안 돼"라고 반복하는 단순한 부르짖음이 그 목마름을 더욱 실감나게 합니다.

천둥소리

세상의 종말.
빛의 종말.

어두운 하늘 가득히
저 지긋지긋한 환성(喚聲)은 누구의 짓인가

화약 냄새 지독한 불기둥이 땅에 내리 꽂히고
타오르는 불꽃은 이미 포악한 짓으로 더럽혀지고 있다.

아아, 이런 날에
기뻐하는 녀석은 누구인가.

지상은 누구의 것인가.

하늘에서 쏟아지는 포화(砲火)를 위해
지상을 파는 패거리는 누구인가.

하염없이 빗발쳐 내리는 그 아래
힘을 잃은 그리스도들이
땅에 엎드려 있다.

—엘로이 엘로이 레마 사박타니

구라하시 켄키치 倉橋顯吉

구라하시 켄키치倉橋顯吉, 1917~1947는 고치현高知縣에서 태어났으나 교토에 있는 교토부립이중학교京都府立二中를 졸업합니다. 시와 수필을 잘 썼으며 러시아어를 독학하여 번역도 하였습니다. 1942년 만주로 건너가서 전기공사에 근무하다가 1946년에 일본으로 돌아옵니다. 잡지『종합문화』와『코스모스』등에 시를 발표한 소박한 시인으로서 죽은 후 1949년『구라하시 켄키치시집倉橋顯吉詩集』이 간행됩니다.

「천둥소리」는 반전의 기분을 강하게 드러낸 것은 아니지만 일본이 군국주의 일색으로 온통 도배되어 있던 시기에 점차 염세적으로 되어가고 있는 시인의 마음이 나타나 보입니다. 그리고 "어두운 하늘 가득히/ 저 지긋지긋한 환성은 누구의 짓인가"라고 지적하는 대목에서 책임의 소재를 분명히 하려고 하는 마음을 알 수 있습니다.

그 시절의 일본인으로서는 드물게 기독교에 관심을 가지고 있었던 시인은 포화가 빗발치는 그 아래 "힘을 잃은 그리스도들이" 땅에 엎드려 있다고 쓰고 있습니다. 성경에 나오는 '예수 그리스도'는 인류의 화해와 평화를 위해, 반항하지 않고 십자가에 매달려 희생을 자처하신 분이므로 '평화주의자'들을 '그리스도'에 비유하고 있는 것이 아닐까요? 보기 드문 시입니다.

"엘로이 엘로이 레마 사박타니"는 나사렛 예수가 십자

필리핀해에서 미군 대공포에 의해 격추되는 일본 폭격기 (출처: LIFE)

가에 못 박혀 돌아가실 때 큰소리로 부르짖으셨던 "저의 하느님, 저의 하느님, 어찌하여 저를 버리셨습니까?"라는 뜻입니다.

한낮에

말끔히 닦은 듯이 갠 하늘 밑을
남풍이 세차게 불어대며 빠져나간다.
하얗게 싹이 돋은 잡목림 언덕은
큰 물결처럼 흔들리고 있다.
나는 보리밭으로 이어지는 길을 걷고 있었다.
라디오 소리가
바람을 따라 퍼져나갔다.

3월 20일 이후
유황도(硫黃島)의 아군은 통신이 두절되었다고 한다.
보도는 두 번 되풀이되더니
'바다에 가서 죽으면'이 그 뒤를 이어 흘러나왔다.
바다에 가서 죽으면 이란 노래는
언덕과 보리밭에 널리 울려퍼졌다.
반짝반짝 한낮의 태양은 하늘 한가운데서 빛나며
땅에 떨어져 짧은 그림자를 만들었다.
나는 그 위에 섰다.

유황도는 이미 통신이 두절되었다고 한다.

아키야마 키요시 秋山清

「한낮에」는 유황도전투硫黃島戰鬪를 주제로 쓰여 있습니다. 유황도는 일본 명칭으로는 '이오지마'라고 불리는 일본 도쿄도東京都 남쪽 해상에 위치한 면적 20제곱킬로미터의 작은 화산섬으로 전략적 요충지였습니다. 1945년 2월 19일, 495척에서 내뿜는 8,000여 발의 포탄과 총 1,600기機의 항모 함재기艦載機로 인도된 7만5천 명의 미군이 유황도에 상륙했습니다. 이에 대항하여 일본의 특공기 20기가 항공모함 '사라도가'를 대파하고 호위항공모함 1척을 격침했으나 섬에 상륙한 지 4일 만인 2월 23일에는 섬의 주요 거점인 스리바치산摺鉢山, 161미터이 점령당했습니다.

　일본군 2만3천 명, 미군 6천8백여 명의 사상자死傷者를 내며 한 달여의 전투 끝에 3월 27일에 끝났습니다. 제2차 세계대전 중에 벌어진 단일 전투로는 가장 큰 피해였다고 합니다. 이때의 일본군은 이미 무기도 탄약도 거의 소진되어 비행기 한 대와 적함敵艦 한 척이라는 '일기일함주의一機一艦主義'로 목숨과 대체시켰습니다. 젊은 항공병航空兵은 상관의 명령으로 돌아올 연료도 넣지 않고 폭탄이 실린 전투기에 몸을 싣고 출격을 했던 것입니다. "천황을 위하여, 국가를 위하여"라는 구호 아래 17세에서 24세의 젊은이들의 목숨을 앗아간 일명 '가미카제특공대'라고 불리기도 하는 신풍특공대神風特攻隊입니다. 이는 세계전쟁사상 유래 없는 일로 일본인들이 자부심을 갖는 특공대였습니다. '자살특공대'라고 할 수 있는 것에 자부심을 갖는 일본인들이라는 것을 유념할 필요가 있습니다.

「한낮에」에서의 '나'는 "보리밭으로 이어지는 길"을 걷고 있다가 라디오에서 방송하는 "3월 20일 이후/ 유황도硫黃島의 아군은 통신이 두절되었다"는 보도를 듣습니다. 아마도 '나'는 전쟁 상황이 궁금하여 작은 라디오라도 늘 휴대하고 다녔던 것 같습니다. 그 보도에 이어 흘러나오는 곡은 의역하면 「바다에 가서 죽으면海ゆかば」이란 노래입니다.

이 시의 공간적 배경은 맑게 갠 하늘에 남풍이 불고, 새싹도 돋아난 잡목림 언덕, 보리밭 등으로 매우 한가롭고 평화스러운 분위기의 들판입니다. 특별히 반전反戰이는 느낌이 없다고 할 수도 있겠습니다만 "유황도硫黃島의 아군"이란 시어에서 우리는 먼저 저 피비린내가 지독했던 유황도의 전투를 떠올릴 수 있습니다.

다음은 무엇보다도 반짝반짝 빛나던 태양이 저녁 무렵도 아닌 한낮에 "땅에 떨어져 짧은 그림자를 만들었다"며 "나는 그 위에 섰다"고 말하고 있는 것에 주목할 필요가 있습니다. 떨어진 '태양'은 시인의 조국을 지켜주는 태양의 여신 '아마테라스 오미카미天照大神'를 중첩시킨 시어라고

출격을 앞두고 기념촬영을 하는 가미카제 특공대원들

감상한다면 위의 표현은 일본이 패망했다는 것을 나타낸다고 할 수 있습니다. 그런데 '나'는 그 위에 주저앉지 않고 "섰다"고 말하고 있습니다. 이어서 "유황도는 이미 통신이 두절되었다고 한다"로 앞에 나왔던 시구를 반복하면서 끝맺고 있습니다. 이 마지막 구절에서 시인 아키야마 키요시는 미국과의 유황도 전투에서 일본이 패했다는 것을 말하고 있음과 동시에 태평양전쟁에서 일본이 승리하지 못하고 곧 항복할 것이라고 암시하고 있습니다. 그러한 상황에 있는 '나'는 국가에 대한 슬픔보다는 마치 봄을 기다리는 희망으로 이제 패망한 "그 위에" 우뚝 서 있는 것처럼 전해옵니다. 음미해보면 봄날의 부드러운 분위기를 배경으로 하

이오지마 전투에서의 미 해병대원들

고 있으면서도 그 내용은 대단히 거친 반전을 주제로 하고 있다고 생각됩니다.

　한편 이 시를 뽑아서 감상을 하게 된 것에는 또 하나 「바다에 가서 죽으면」이란 노래 때문이기도 합니다. 이 「바다에 가서 죽으면」이란 노래는 오사카에서 목사의 아들로 태어나 도쿄음악학교 교수를 지냈던 노부토키 키요시信時潔, 1887~1965가 1937년 일본방송협회의 위촉으로 작곡한 것입니다. 가사는 일본의 고전 『만엽집萬葉集』에서 시사를 받아 기타하라 하쿠슈北原白秋가 쓴 것입니다. 원래 찬미가讚美歌의 루트를 이어받은 장중한 가락은 1941년 일본의 진주만 공격 당시부터 라디오에서 본격적으로 흘러나오기 시작하여, 연

160

합함대 사령장관인 야마모토 이소로쿠(山本五十六)의 전사(戰死) 발표 등, 비극적인 뉴스 때마다 연주되었습니다. 그러던 것이 태평양전쟁 말기에는 일본 '천황' 밑에 두었던 최고통수부인 대본영(大本營)에 의해 전지(戰地)에서의 옥쇄(玉碎)를 라디오로 발표할 때의 테마음악으로서 사용되었습니다. 이 시에서도 「바다에 가서 죽으면」이란 노래가 울려 퍼진 것은 병사들이 전지를 사수하다가 명예롭게 모두 다 죽었다는 것을 뜻합니다. 노래의 가사(歌詞)는 다음과 같은 내용입니다.

바다에 가서 죽으면 물에 잠기는 시체 海ゆかば水漬く屍

산에 가서 죽으면 풀이 무성한 시체 山行かば草生す屍

천황 곁에서 죽으면 결코 후회 없으리 大君の辺にこそ死なめかへりみはせじ

참으로 '천황을 위하여, 국가를 위하여' 죽는 것이 명예라고 선동하는 노래임을 알 수 있습니다. 전후에는 군가 중의 군가로서 배척되어 작곡가인 노부토키 키요시의 가곡집에서도 사라졌던 것이 최근에는 다시 노래되고 있습니다. 바로 2016년 8월 16일 야마구치현(山口県)에서는 '종전의 날(終戦の日)'을 기념하여 참가자 전원이 줄지어 서서 「바다에 가서 죽으면」을 부르고 충혼비(忠魂碑)에 국화꽃을 바쳤다고 〈아사히신문(朝日新聞)〉은 전합니다. 일본 지배계급의 전쟁을 좋

아하는 기질과 침략의 근성은 지금도 여전하다는 것을 기억할 필요가 있겠습니다.

예부터 헤이안시대平安時代, 794~1192의 귀족계급의 통치가 끝나고 가마쿠라시대부터 에도시대까지는 물론이고 근대에 이르러 태평양전쟁이 끝날 때까지, 입은 옷차림만 달랐을 뿐 통치자들은 무사 집단이었기 때문일까요? 지금도 그 후손의 위정자들은 겉옷만 양복으로 갈아입고 속마음은 군대를 갖추어 전쟁할 수 있는 나라로 돌아가기 위해 분투노력하고 있습니다. 그 지긋지긋했을 군가를 다시 부르고 있다는 것에 놀라움을 금치 못합니다.

아키야마 키요시秋山淸, 1905~1988는 후쿠오카현福岡県 출생으로 니혼日本대학 사회학과를 중퇴한 시인이며 평론가입니다. 제2차 대전 전에는 아나키즘 계통의 시인으로서 아나키스트들의 해방문화연맹 결성에 참여하여 그 기관지에 많은 수필과 시를 발표합니다. 1935년 2월 무정부 공산당의 전국적 검거가 있을 때는 체포되어 3개월간 옥살이를 하기도 합니다. 그 이후『시문화詩文化』등에 저항시를 많이 발표했으나 전쟁 중에는 대체로 침묵을 지키는 편이었습니다. 그러나 전쟁이 끝나고 1946년 4월에는 가네코 미쓰하루金子光晴 등과 시지詩誌『코스모스』를 간행하여 주로 '인민 정신'을 강조하는 데 힘을 쏟습니다. 시집에는 『코끼리 이야기』, 『하얀 꽃』이 있고 간소한 시풍 속에 강한 휴머니즘을 담고 있습니다.

4부

충성은 끝나고

—일본의 패전과 그 후—

제2차 세계대전은 1945년 5월 초 연합국의 베를린 점령과 함께 독일의 무조건 항복으로 곧 종결되는 듯했지만, 일본의 악착같은 저항으로 몇 달 간 더 이어지게 됩니다. 그러다가 8월 초 미국이 히로시마와 나가사키에 원자폭탄을 투하하자 일본은 결국 항복했고, 이로써 인류 역사상 미증유의 대참화를 기록한 이 전쟁은 막을 내리게 됩니다. 연합군 최고사령관 맥아더가 이끄는 연합군에게 점령된 일본은 포츠담선언에 따라 영토가 혼슈本州, 홋카이도北海島, 규슈九州, 시코쿠四國 등으로 제한되었습니다. 일본의 군대는 무장을 풀고 해외에 있던 군인과 거류민도 일본에 돌아오게 되었습니다. 긴 전쟁으로 인하여 일본인의 마음은 황폐해졌고 물자도 결핍되어 국민들의 생활은 심각한 위기에 처해 있었습니다.

일본 본토는 공습에 의하여 약 240만 호가 피해를 입었으며 주요 도시는 온통 초토화된 들판에 검게 가라앉아 있었습니다. 역 주변은 떠돌아다니는 부랑자의 보금자리가 되었고, 굶주린 눈의 전쟁고아는 폐허가 된 항구에 무리지어 돌아다니고 있었습니다. 전쟁은 끝났으나 이시카와 준石川淳의 소설 『불탄 자리의 예수』(1946년 출간)에 묘사되어 있는 것처럼 "가슴이 볼록 나온 것은 여자, 납작한 것은 남자로 겨우 구별될 정도의 셔츠 하나를 걸치고 암시장을 돌아다니며 담배꽁초를 주워 피우는 소년"을 상상해야 하는 그런 상황이었습니다.

전쟁에서 벗어났다는 해방감보다는 오히려 허탈감에 빠져 있었던 것을 다음의 시에서도 느낄 수 있습니다.

병사의 노래

수확이 끝나면

세계는 얼마나 황량한 들판을 닮았을까

저편에서 오르고 반대편에서 잠긴다

무력한 태양의 언어로 나는 안다

이런 식으로 끝나는 것은 뭐 세계만이 아니다

죽음은 서두르지 않지만

지금은 자네들의 살과 뼈가 어디까지나 투명해져가는 계절이다

공중의 제국(帝國)에서 다가와

힘겨운 형벌의 포차(砲車)를 밀면서

피의 강을 건너갔던 병사들이여

그 옛날의 사랑도 새로운 날짜의 미움도

모두 잊는 기도의 허무함으로

나는 처음부터 패하여 사라져간 병사의 한 사람이다

그 무엇보다도 내 자신에게 들이대는 총구를

소중히 해왔던 한 사람의 병사다

오오 그러므로……

나는 조금씩 허물어져가는 천막 아래서

무릎을 껴안고 잠자는 꿈을 갖지 않고

거짓의 역사를 거슬러 올라가

조금씩 퇴각해가는 군대를 갖지 않는다

……누구도 나를 용서하려고 하지 마라

나의 가녀린 손가락은

어느 방향으로라도 구부러질 수 있는 관절을 가지고

안전장치를 풀어놓은 방아쇠는 나 한 사람의 것이며

어딘가의 국경을 지키기 위한 것이 아니다

승리를 믿지 않는 나는……

오랫동안 이 황야를 꿈꾸어왔다 그것은

절망도 희망도 사는 장소도 없는 곳

미래와 과거가 헤매기에는

조금만 멀리 떨어진 곳 늑대 그림자도 없는 곳

어느 수도로부터도 떨어져 있어야 하고 어떤 지도에도 없는 곳

이다

넓은 광야로 향하는 혼이

……어찌 패배를 믿을 수 있겠는가

마른 갈색바람 속에서

바닥이 난 수통(水筒)에 입을 대고

사라진 생명의 물을 마시고 있는 병사들이여

그대들은 이제 더 이상 탄탄했던 마을을 깡그리 태워버리거나

오지와 해안에서 저항하는 주민을 쏘아 죽일 필요는 없다

죽음의 수확이 끝나 그대들의 임무는 끝났으므로

그대들은 그대들의 커다란 한낮을 싹 지워라

하얗게 바랜 뼈골을 불어대는 저녁나절에

사령(死靈)이 되어 헤매 도는 병사들이여

그대들이 없는 어두운 하늘 이쪽저쪽에서

침묵보다도 단단한 무명의 나무열매가 터져 날리며

4월의 비를 기다리는 흙에 깊이 내려박히고 있다

오오 그러나

숲이랑 논밭이랑 아름다운 마을이 보이는 것도 필요 없다

나는 나의 마음을 매어놓고 있는 쇠사슬을 끌고

넘쳐나는 고독을

이 지평에서 저 수평선을 향하여 잡아끌고 가야지

머리 위에서 마른 잔가지가 움직이고 차가운 공기에 닿을 때 마다

유산탄처럼 내리쏟아지는 쓸쓸함을 견디며 가야지

노래하는 사람이 없는 모가지와 주권자가 없는 가슴 사이의

피를 토하는 공동(空洞)에 떨어져 내리는

인간의 슬픔에 더렵혀진 석양(夕陽)을 버리러 가야지

이 광야가 끝날 때까지

……어디까지라도 나는 가야지

내가 가는 것으로 모든 국경이 닫히고

탄(彈)창고를 텅 비운 마음속까지

혹독한 추위가 스며들고

토해내는 숨이 하나하나 얼어붙어도

오오 그러나 어디까지라도 나는 가야지

승리를 믿지 않는 내가 어떻게 패배를 믿을 수 있을까

오오 그러므로 그 누구도 나를 용서하려고 하지 마라

아유카와 노부오 鮎川信夫

전쟁이 끝난 세계를 황량한 들판에 비유하고 있습니다. 거기에는 "힘겨운 형벌의 포차(砲車)를 밀면서/ 피의 강을 건너갔던 병사들"의 죽은 혼이 이리저리 헤매고 있습니다. 살아남은 병사인 '나'도 아름다운 마을이 보이는 것도 필요 없고 '고독' '쓸쓸함' '슬픔' 들을 끌고 절망도 희망도 없는 곳을 향하여 가고 있습니다. 살았다 해도 사는 것이 아닌 병사 '나'는 승리와 패배는 처음부터 의미도 없었던 터라 안전장치를 풀은 방아쇠를 만지작거리고 있습니다. 전쟁이란 "죽음의 수확"일 뿐이라고 지적하면서 오직 '허무'에 잠긴 병사는 방아쇠를 자신에게 들이대려 합니다. "그대들이 없는 어두운 하늘" 밑에서 살아남은 병사 또한 그의 혼이

2차 대전의 막바지에 전선을 행군하는 일본군 부대. 전쟁 초반의 의기양양함은 사라지고 퀭한 눈동자에 지친 기색만이 역력하다.

1945년 패전 후 열차에 가득 실려 일본으로 귀환되는 일본군 병사들

죽은 자나 마찬가지로 "흙에 깊이 내려박히고" 있습니다. 연도 나누지 않고 써내려간 병사의 노래입니다. 병사는 증오나 분노보다도 더한 깊은 생의 상실감에 빠져 있는 것이 전해옵니다.

　시인 아유카와 노부오鮎川信夫, 1920~1986 는 직접 전쟁 체험을 한 작가입니다. 노부오는 도쿄 출생으로 와세다 다이이치第一고등학원을 거쳐 와세다대학 영문과에 입학했으나 1942년 징병으로 입영하는 바람에 3학년에서 그대로 대학을 중퇴하게 됩니다.

태평양전쟁이 한창이던 2년간을 스마트라 작전에 일병으로 참가했다가 병을 얻어 1944년 본국으로 송환되었습니다. 그는 현대를 'The Waste Land_{황무지}'라고 인식하는 T. S. 엘리엇의 정신적 풍토에 공감하여 와세다대학 문과생들과 문예지 『황지荒地』를 창간하여 '황지파'의 중심인물로서 왕성한 활약을 한 전후의 대표적 사상 시인입니다.

「병사의 노래」는 자유로운 영혼의 소유자였던 작가 자신의 전쟁 체험과 사상을 바탕으로 회복하기 어려운 상실감과 우수憂愁가 배어나오고 있습니다.

내가 가장 예뻤을 때

내가 가장 예뻤을 때
거리 곳곳은 무너져 내려
터무니없는 곳에서
푸른 하늘이 보이기도 했다

내가 가장 예뻤을 때
주변사람들이 많이 죽었다
공장에서 바다에서 이름 모를 섬에서
나는 멋 부릴 기회를 잃고 말았다

내가 가장 예뻤을 때
그 누구도 우아한 선물을 주지 않았다
사내들은 거수경례밖에 모르고
맑은 눈빛만 남기고 모두 출발해버렸다

내가 가장 예뻤을 때
내 머리는 텅 비고

내 마음은 비뚤어지고
손발만이 갈색으로 빛났다

내가 가장 예뻤을 때
나의 조국은 전쟁에서 패했다
그런 멍청한 일이 또 있을까
블라우스 소매를 걷어 올리고 비굴한 거리를 설치고 다녔다

내가 가장 예뻤을 때
라디오에선 재즈가 흘러넘치고
끊었던 담배를 다시 피웠을 때처럼
나는 이국의 달콤한 음악에 마냥 취했다

내가 가장 예뻤을 때
나는 가장 불행했고
나는 가장 얼뜨기였고
나는 너무도 외로웠다

그래서 결심했다 될 수 있으면 오래 살기로
나이 들고부터 매우 아름다운 그림을 그렸던
프랑스의 루오 할아버지처럼

그래야지요? 그렇지 않겠어요?

이바라기 노리코 茨木のり子

이바라기 노리코茨木のり子, 1926~2006는 태평양전쟁이 끝난 후 활발한 시작詩作으로 주목받은 대표적인 전후시인이었습니다. 그녀의 시 「내가 가장 예뻤을 때」(1958)는 청춘의 다시없는 아름다운 시절을 전쟁으로 빼앗겨버렸다는 것을 우회적으로 표현한 작품으로 전후 가장 훌륭한 반전시의 하나로 평가받고 있습니다.

「내가 가장 예뻤을 때」는 모두 4행 8연으로 되어 있는데 내용적으로는 크게 두 갈래로 나누어 감상해볼 수 있습니다. 1연에서 4행까지는 전쟁 당시의 상황을, 5행부터 8행까지는 패전 후의 거리를 헤매면서 외로웠던 마음과 다짐을 읊고 있습니다.

노리코는 제국주의 일본이 군국주의 체제로 접어들어 전쟁을 거듭해나가고 있던 시기에 오사카大阪에서 태어났습니다. 의사였던 아버지의 근무처를 따라 5살 때는 교토로 옮겨 살다가 초등학교 때부터 여학교까지는 아이치현愛知県에서 보내게 됩니다. 그리고 15살 되던 해인 1941년 일본은 태평양전쟁에 돌입합니다. 이때 일본 전국에 있는 학교에서는 학생들을 교복 대신에 항아리 차림의 몸뻬 바지로 바꿔 입혔고 현모양처 교육과 군국주의 교육을 했습니다. 여학교에 다니고 있던 16세의 소녀 노리코도 그 같은 교육을 받아야 했던 동시에 당시 퇴역장교가 교관을 맡아 하는 분

1945년 미군의 일본 본토 상륙에 대비하여 몸빼를 입은 일본 여성들이 죽창 훈련을 하고 있다.

열행진 훈련도 받았다고 합니다.

　　1연에서 "터무니없는 곳에서/ 푸른 하늘이 보이기도 했다"는 것은 공습이 심하여 건물이나 지붕이 무너져 내린 그 위로 하늘이 보였다는 것을 나타냅니다. 이 당시의 기분을 노리코는 "공습도 나날이 거세어져 여자다운 기분을 만족시켜줄 만한 즐거움이나 색채도 주위에는 무엇 하나 없고, 그런 시대적인 어두움과 자기 자신에 대한 절망으로 나는 때때로 죽음을 생각했다"고까지 말하고 있습니다. "공장에서 바다에서 이름 모를 섬에서" 사람들은 많이 죽어가고 있는 시대의 요구를 무턱대고 따르기에는 이미 감수성과 자의식이 강했던 것으로 추측되는 절망감이겠습니다.

3연에서 남자들은 "거수경례밖에 모르고/ 맑은 눈빛만 남기고 모두 출발해버렸다"고 시인은 한탄합니다. '맑은 눈빛'이라는 시어가 무엇보다 애잔합니다. 『로미오와 줄리엣』에서의 로미오의 눈빛일 것입니다. 20대의 순수한 청년만이 가질 수 있는 눈빛, 그 눈빛에는 가문·혈통·재물·국경 등을 아랑곳하지 않는 것들이 담겨 있습니다. 미래에 대한 꿈과 희망으로 가슴이 벅찬 청춘만이 가질 수 있는 그 '맑은 눈빛'이 아직 살아 있는데 그들은 전쟁터로 '모두 출발'해버린 것입니다. 여인이 사랑할 상대들이 죽음이 기다리는 곳으로 떠나야 했던 비극을 시인은 거칠게 읊고 있지 않는데도 가슴이 아려옵니다.

17살에 데이코쿠帝國여자대학 약학부에 입학한 시인은 태평양전쟁이 끝나가던 19살 때는 학도병으로 동원되어 도쿄의 해군의료품을 취급하던 가게에서 일을 하게 되었습니다. 그녀가 "손발만이 갈색으로 빛났다"고 하는 것은 그때의 노동으로 보낸 시간을 회상하고 있는 것 같습니다. 여성으로 태어나 누구라도 그 시기는 가장 예쁘게 피어날 청춘기 시절입니다. 차분한 어조이지만 아름다운 시기를 허무하게 놓쳐버린 것에 대한 아쉬움과 잔잔한 분노가 전해옵니다. 시대에 저항하는 정신이 "내 마음은 비뚤어지고"에 나타나 있습니다.

> 내가 가장 예뻤을 때
> 나의 조국은 전쟁에서 패했다
> 그런 멍청한 일이 또 있을까
> 블라우스 소매를 걷어 올리고 비굴한 거리를 설치고 다녔다

태평양전쟁은 드디어 1945년 8월 15일 끝났습니다. 작업복을 입고 해군의료품 가게에서 일을 하다가 패전 방송을 듣게 된 노리코는 그다음 날 친구와 함께 도카이도선東海道線에 무임승차하여 부모님이 계신 아이치현으로 돌아옵니다. 그러나 돌아온 고향마을은 점차 '비굴한 거리'가 되어가고 있었겠지요. 미국화되어가는 거리 풍경을 '블라우스' '재즈'와 같은 언어가 잘 살리고 있습니다. "이국의 달콤한 음악에 마냥 취"해서 설치고 다녔던 데에는 "너무도 외로웠다"는 심리가 잠재해 있었음을 알 수 있습니다.

　　노리코는 전쟁이 앗아간 그 시간 속에서의 "불행했고"

"얼뜨기였"던 자신을 보상하려는 의지를 8연에서 분명히 표출하고 있습니다. "될 수 있으면 오래 살기로/ 나이 들고 부터 매우 아름다운 그림을 그렸던/ 프랑스의 루오 할아버지처럼"이라고 결심하고 있습니다. '그런 멍청한 일'로 다가온 패전은 그녀에게 삶에서의 한정된 시간과 조국 일본과 자신과의 관계를 새삼 깊이 자각하게 된 동기가 되었을 것입니다.

전쟁이 끝나고 4년 후 의사와 결혼하여 사이타마현_{埼玉県} 미군기지가 있는 곳에 살게 된 노리코는 1950년경부터는 시를 쓰기 시작합니다. 1955년 첫 개인시집 『대화_{對話}』를 시작으로 1999년의 『의지하지 않고』까지 많은 시집을 내놓습니다.

"내가 가장 예뻤을 때"에 국가에 예속되어 모든 아름다움을 빼앗긴 채 "얼뜨기"처럼 살았던 것을 고백했던 노리코는 첫 시집 속의 「혼_魂」에서도 이집트의 여왕과 그 '노예'에 조국 일본과 자신과의 관계를 비유하고 있는 것이 있습니다.

당신은 이집트 왕비처럼
다부지게
동굴 저 안쪽에 앉아 있다

당신에게 봉사하기 위해 내 발은 쉴 줄을 모른다. 당신에게
잘 보이기 위해
갖가지 허식에 가득 찬 공물을 도둑질한다

…(중략)…

사자머리를 조각한
거대한 의자에 자리 잡고 앉아
검은 빛을 발하는 피부여
때때로 나는 촛불을 들어
당신의 무릎 앞에
무릎 꿇는다

…(중략)…

드물게
나는 손거울을 들고
당신의 비참한 노예를 본다
지금도 여전히 '나'를 살지 못하는
이 나라 젊은이의 얼굴 하나가
거기에

불을 머금은 채 얼어 있다

시인 노리코는 일본신화에 등장하는 여신 아마테라스 오미카미天照大神가 지배하는 일본을 이집트의 왕비에 암시적으로 빗대고 있습니다. '왕비'로 표현되는 국가에 내 발은 쉴 줄 모르고 봉사하며 때로는 촛불마저 켜들고 온갖 아부를 합니다. 어느 날 조그만 손거울에 비친 '나'는 "비참한 노예"라는 사실에 놀랍니다. 여전히 자기 자신인 '나'를 살지 못하고 있는 젊은이가 바로 작가 자신의 자화상이기도 하며 그 시대의 젊은이들이라는 것을 깨우쳐주고 있습니다.

그러나 자아에 대한 인식만으로 끝나지 않은 자각은 "불을 머금은 채" 얼어붙어 있습니다. 여기서 '불'은 자신에 대한 분노일 것입니다. 그 분노로 얼어 있는 모습은 긴장하며 새로운 자신을 찾으려는 출발 전의 정신상태의 표출이라고 하겠습니다. 이러한 자각을 가졌던 시인은 다른 이들은 차치하고라도 그 스스로는 자신의 정체성을 찾아 남다른 길을 걸었다는 것을 그녀의 작품과 생활태도가 잘 말해주고 있습니다.

첫 시집의 제목이 『대화』였듯이 노리코는 '시詩'를 도구로 이웃과 소통하려고 했던 작가였다고 생각합니다. 아직 세상을 떠난 지 얼마 되지 않아 그녀의 시에 대한 연구가 미비하지만, 제 생각으로는 극심한 이기주의가 전쟁을 일으켜 국내는 물론 이웃 나라들과의 단절을 가져왔다면, 노리코는 '시'로써 이웃과 대화하며 그 단절을 극복하려 했다고 여겨집니다. 그녀의 시 속에는 중국인·유대인·흑인·'재일조선인' 등 제국시대에 식민지였거나 약자의 입장이었던 민족에 관한 시어들이 많이 등장합니다. 서정시인들이 곧잘 대상으로 삼는 자연보다는 '일본'이라는 시인의 조국과 이웃 나라와의 관계, 또 그 이웃 나라에 살고 있는 사람에 대하여 마음을 담고 있는 시가 많은 것에서도 알 수 있습니다.

이웃 나라 중에서도 특히 한국에 대하여 깊은 애정을 가지고 있었던 노리코는 나이 50이 넘어 배우기 시작한 한글로『한국현대시선』을 엮어내었고, 수필집『한글로의 여행』을 남겼습니다. 많은 시에서 한국에 대한 관심을 보이며 일본인의 만행을 고발하고 있습니다. 그중에서도 가장 기억에 남는 것은 노리코의 여섯 번째 시집『촌지寸志』에 실려 있는「이웃나라 언어의 숲隣国語の森」이라는 시입니다.

숲의 깊이

가면 갈수록

가지 서로 엇갈려 그 안쪽이 깊고

외국어의 숲은 울창해 있다.

…(중략)…

일본어가 전에 차 버리려 했던 이웃나라의 언어

한글

없애려 했으나 결코 사라지지 않았던 한글

용서하십시오. ゆるして下さい

땀 뻘뻘 흘리며 이번은 이쪽이 배울 차례입니다

어떤 나라의 언어에도 끝내 넘어뜨려지지 않았던

단단한 알타이어계의 하나의 정수로—

조금이라도 다가가고 싶다고

갖은 노력을 다해

그 아름다운 언어의 숲으로 들어갑니다

…(후략)…

노리코는 「이웃나라 언어의 숲」에서 처음 부분에는 10개 정도의 한국어를 그대로 한글로 적어놓고 그 위에 가나

仮名로 발음을 표기하고 그 뜻을 일본어로 다시 번역해놓았습니다. 9쪽에 달하는 긴 시이지만 그 내용은 한국어와 그 한국어를 표기하는 글자인 한글에 대한 예찬입니다. 그것과 함께 후반부는 해방이 되기 반년 전에 후쿠오카福岡형무소에서 옥사한 윤동주—그 당시 과감하게도 한글로 시를 썼던—를 기리고 있습니다.

이 시를 읽어가다가 "용서하십시오. ゆるして下さい"라는 구절에서 가슴이 뭉클하지 않을 수 없었습니다. 한글과 가나로 나란히 쓰여 있는 사과의 언어, 그것도 한글로……. 우리나라 말로 선조의 잘못을 진심으로 사과하고 있습니다. 이 한마디를 일찌감치 일본 위정자들이 했더라면 한일관계는 좀 더 우호적으로 발전했을 것입니다. 그러나 지금도 여전히 독도를 일본 땅이라고까지 하는 데에는 어이가 없을 뿐입니다. 일본 위정자들도 이론적으로는 우리보다 더 자신들의 영토가 아니라는 것을 뻔히 알고 있습니다. 하지만 그 옛날부터 역사를 왜곡하는 것이 일본인의 관습이 아닌가 생각됩니다. 그들에게 전 국민이 읽는 교과서 정도의 역사는 진실을 알리기 위한 것이 아니라 국가 통치수단으로 필요했던 것입니다.

현재도 물질적으로는 일본이 부유한 국가인지는 몰라

일본군 위안부(정신대) 숙소

도 정신적으로는 고대로부터 한국에 대한 열등의식을 갖고 있는 것 같은 태도가 엿보입니다. 섬나라로서의 불안감과 지진이나 태풍으로 인한 지정학적인 문제도 있어 대륙에 대한 야욕에서 늘 우리나라를 탐내는 야만적인 욕망은 쉽게 바뀌지 않을 것입니다. 그들 위정자에게 위안부 문제 등에 대하여서도 시인 노리코가 가졌던 진실을 기대하는 것은 무리입니다. 그들의 태도 여하에 매달릴 것이 아니라 우리 한국인 스스로가 자신의 정체성을 지키며 정신대精神隊를 단단히 할 때 다시는 어린 소녀나 처녀들이 정신대挺身隊로 강제 징집되는 일은 없을 것입니다.

어린이들에게는 조그마한 도둑질도 해서는 안 되고 무례한 행동을 해서도 안 된다는 것을 가르칩니다. 그러나 정작 어른들이 당연히 남의 나라 땅인 줄 알면서도 오랜 세월 치밀하게 계획을 세워가며 남의 영토를 제 것으로 하려는 것은 참으로 이해가 안 가는 일입니다. 무엇이 인간의 문명된 모습인지 모르겠습니다. 정치로는 전혀 해결이 될 것 같지 않은 문제를 시인의 마음은 솔직하게 "용서하십시오"라고 말하고 있습니다. 역시 문학의 세계에서만이 인류가 서로 손을 잡을 수 있고 널리 그 마음을 같이할 수 있는 것 같습니다.

노리코는 인간이 갖고 있는 따뜻한 마음을 되돌려 이웃과 이웃이 서로 다정하게 지내기를 바라는 것으로 전쟁에서의 상흔을 회복시키려는 다짐을 하며 오래 살기를 원했던 것 같습니다. "내가 가장 예뻤을 때"의 그 외양과 마찬가지로 주변 사람의 생활 모습도 아름답기를 원했던 노리코는 그녀의 희망처럼 80세를 일기로 2006년에 이승을 떠났습니다. 그녀는 떠났지만 다양한 언어를 통해 이웃과의 소통을 즐기며 삶의 즐거움을 좀 더 확대시켜나가는 데 우리가 힘을 쏟았으면 좋겠습니다.

제발 물을 주십시오

물을 주십시오
아 아 물을 주십시오
마시게 해주세요
죽는 것이 나을 텐데
죽는 것이
아 아
도와줘요 도와줘
물을
물을
제발
누군가가
  오- 오- 오- 오-
  오- 오- 오- 오-

하늘이 찢어지고
거리가 없어지고
강이

흐르고 있다

　　오- 오- 오- 오-

　　오- 오- 오- 오-

밤이 온다

밤이 온다

바짝 메말라버린 눈에

문드러진 입술에

따끔따끔 타들며

빙 빙 도는

이 엉망진창인

얼굴의

인간의 신음소리

인간의

하라 다미키原民喜

「제발 물을 주십시오」는 하라 다미키原民喜, 1905~1951가 원자폭탄의 피해로 죽어가며 신음하는 사람들의 모습을 읊은 것입니다. 그는 히로시마広島시에서 태어나 원자폭탄의 피해를 입었던 시인이며 소설가입니다.

　　제1차 세계대전이 끝나던 해인 1919년 히로시마 고등사범부속중학교에 들어가 19세기 러시아문학을 가까이하며 시를 짓기 시작합니다. 그 후 도쿄로 올라와 게이오대학에 들어가 1932년 영문과를 졸업합니다. 대학 재학 때부터 동인잡지에 습작을 발표하고 있다가 졸업 후에는 잡지『미다문학三田文學』을 중심으로 단편소설과 시를 발표하여 예민한 감수성을 인정받습니다. 그사이 마르크스주의에 관심을 가져 좌익운동에 참가하기도 하고 술에 취한 생활을 계속하다가 인간 혐오를 느껴 자살을 시도한 적도 있습니다. 1933년 결혼을 하며 왕성한 창작력을 과시하던 다미키는 제2차 세계대전이 끝나기 한 해 전에 사랑하는 아내가 병으로 죽습니다. 1942년 지바현千葉県에서 영어 교사를 하다가 그만두고 1944년 여름부터 아사히영화사의 촉탁으로 근무하며 작품 활동을 하고 있었습니다. 그러나 그해 가을, 몇 년 전부터 시름시름 앓던 아내가 그의 곁을 영원히 떠나고 만 것입니다. 그는 이듬해, 공습이 심해지자 지바를 떠나 고향 히로시마의 형님 집으로 피신합니다. 그러나 그곳에서 그는 8월 6일에 투하된 원자폭탄의 피해를 맛보게 됩니다.

그는 원래 말이 없는 고독한 사람으로 오로지 죽음을 계속 주시해온 시인이었다고 합니다. 그는 절박한 외로움 속에서 원폭 피해를 입은 히로시마의 비참한 모습에 직면하게 된 것입니다. 절망적인 분위기에서도 그는 인간의 연대를 구하려고 일련의 예민한 작품들을 써냅니다. 그중에서도 1947년에 발표한 소설 『그 여름의 꽃夏の花』은 독자들에게 충격적인 감동을 주어 제1회 미나카미 타키타로水上瀧太郎상을 받았습니다. 직역하면 '여름의 꽃'이라는 것은 1945

원자폭탄이 투하된 히로시마의 폐허에 서 있는 연합군 종군기자

년 무더운 여름 8월 6일 히로시마에 원자폭탄이 투하되어, 그 폭탄이 피어오르는 모양을 꽃에 비유한 것입니다. 지구상에 처음으로 피어오른 그날 그때의 원폭을 떠올리기 위해서 '그 여름의 꽃'으로 번역했습니다. 당시의 참혹한 상황을 기록하는 식으로, 객관적으로 묘사한 이 작품은 높은 평가를 받고 있습니다. 시인의 고향인 히로시마는 원폭 피해를 입던 당시의 총인구가 약 40만 명이었는데 그중에서 23만 명 내지 27만 명이 즉사했거나 혹은 5년 이내에 죽었다고 합니다.

다미키는 소설 『그 여름의 꽃』에서와 마찬가지로 원폭의 피해를 다룬 시에서도 원폭의 참극을 생생하고 극명하게 묘사하고 있습니다. 「제발 물을 주십시오」에서도 원폭에 살육당한 히로시마 시민의 울부짖음을 원문原文에서는 일반적으로 일본어를 표기하는 히라가나가 아니라 딱딱한 글씨체인 가타카나로 예리하게 표기하고 있습니다. "이 엉망진창인/ 얼굴의/ 인간의 신음소리/ 인간의"라는 마지막 행은 인간을 살육한 것에 대한 증오와 고발이 담겨 있습니다. 차마 사람의 모습이라고 할 수 없는 "엉망진창인" 얼굴로도 삶에 대한 애착에서 '물'을 달라고 애원하고 있는 신음소리를 시로 써내지 않고서는 배길 수 없었다고 생각됩니다. "물을 주십시오"라는 말은 지극히 평범한 언어 같지

원자폭탄의 폭풍이 휩쓸고 간 후 사체들 사이에서 물을 마시고 있는 생존자. 하지만 그도 이내 숨이 졌다고 전해진다.

만 그 안에는 생명에 대한 욕구, 살고 싶은 본능이 깊이 그리고 충분히 담겨 있는 것입니다. 다미키의 원폭 피해를 읊은 시를 하나 더 감상해보겠습니다. 「번쩍번쩍이는 파편이다」입니다.

번쩍이는 파편이다

잿빛 재가

넓디넓은 파노라마처럼

빨갛게 타 문드러진 인간의 죽은 몸의 기묘한 리듬

모든 것이 있었던 일인가 있을 수 있었던 일이었던가?

갑자기 확 쥐어뜯겨져버린 훗날의 세계

전복된 전차 옆에

말의 가슴 부분인가가 부풀어 오른 모양은

부지지 타며 자욱해지는 전선 냄새

원자폭탄이 투하된 거리의 모습은 모든 것이 "갑자기
확 쥐어뜯겨져버린 훗날의 세계"가 잘 보여주고 있습니다.
빨갛게 탄 시체와 "잿빛 재"가 난무한 거리는 그야말로 절
망 그 자체였을 것입니다. 전쟁의 상흔과 아내에 대한 추
억을 온몸으로 껴안고 붓을 잡았던 하라 다미키는 끝내
1951년 3월 도쿄의 중앙선 기치죠지吉祥寺에서 철도 자살로
생을 마칩니다.

전쟁을 통해서 죽음과 파멸을 경험한 인간이라면 삶
에 대한 생각을 진지하게 하지 않을 수 없을 것입니다. 그
중에서도 죽음에 대한 의식은 '인간이 어떻게 살 것인가'
하는 문제와 밀접하게 연관되어 있습니다. 삶을 끊임없이

생각해보면서 새로운 삶을 발견하고 그것의 의미를 깨닫는 것에 따라 삶의 방식이 달라질 것입니다. 이바라기 노리코처럼 "나이 들고부터 매우 아름다운 그림을 그렸던/ 프랑스의 루오 할아버지처럼" 오래 살기로 결심했던 사람과, 허무만을 느끼고 '훗날의 세계'에 대한 희망을 잃어버린 사람과는 크게 차이가 있는 것을 알 수 있습니다.

그리고 하라 다미키보다 조금 늦게 태어나 히로시마에서 입은 원폭 피해를 시집으로 남기고 다미키가 죽은 2년 후인 1953년에 36살 나이로 일찍 이승을 작별한 도게 산키치峠三吉, 1917~1953라는 시인이 있습니다. 산키치는 오사카에서 태어났으나, 어린 시절 히로시마로 이사하여 히로시마 현립 상업학교를 졸업합니다. 졸업 후에 히로시마가스회사에 입사했으나 결핵에 걸려 요양 생활을 하기도 합니다. 그는 25세 때에 기독교로 세례를 받고 그 무렵부터 시를 짓기 시작하여 1950년 9월의 『신일본시인』 특집에 응모하여 처음으로 원폭시原爆詩인 「8월 6일」을 발표합니다. 그 후 작품 활동을 거듭하며 전 인류적 재앙을 호소한 『원폭시집原爆詩集』(1952년)을 출간합니다.

히로시마시 평화기념공원에 『원폭시집』의 「서시序詩」를 새긴 시비詩碑가 있습니다.

아빠를 돌려주오 엄마를 돌려주오

어르신들을 돌려주오

아이들을 돌려주오 나를 돌려주오

나와 연결된

인간을 돌려주오 인간의 인간세상이 있는 한

무너지지 않는 평화를

그 평화를 돌려주오

「서시」에서 부르짖고 있듯이, 그는 "무너지지 않는 평화"를 돌려달라고 호소하고 있습니다. 무엇으로도 허물어뜨릴 수 없는 '평화'를 강조하고 있습니다. 그러나 일본인들은 8월 15일 즈음이면 느닷없이 해변에 누워 볕을 쬐고 있는 미국인에게 다가가 원폭을 어떻게 생각하느냐며 마이크를 들이대기도 합니다. 원자폭탄의 피해를 입은 그 원인이 일본인의 미국 침략에 있었다는 근원적인 것은 성찰하지 않는 태도입니다. 그 피해를 입은 것만 강조하며 미국인을 곤란하게 만듭니다. 전쟁에 대한 반성은커녕, 음력으로 지내오던 추석을 양력 8월 15일로 정하여 명절로 즐기며 애써 패전의 아픔을 지우려 합니다.

그러나 시인 산키치는 원자폭탄에 대한 두려움을 호소하기 위하여 일명 '원폭시'라고 불리는 시를 줄기차게 쓰기 시작합니다. 제2차 세계대전이 끝나고 5년 후인 1950년 6월에 한국전쟁이 일어났을 때 '한국에 원폭 사용을 고려'한다는 미국 대통령 트루먼의 성명聲明에 문학작품으로 항거하기 위한 것이 직접적인 계기가 되었다고 합니다.

전쟁을 경험하기 전에는 주로 일본의 전통 시로 17음 수율을 갖는 짧은 정형시定型詩인 하이쿠 짓기를 즐기던 산키치였습니다. 짧은 시의 형태로서는 도저히 참혹한 원폭의 체험에 대한 충격을 표출해낼 수가 없었을 것입니다. 감수성이 풍부한 그리스도교 신자로서 핵무기에 대한 실체를 안 이상, 인류의 미래를 위해서 그 실감實感을 남겨 반전

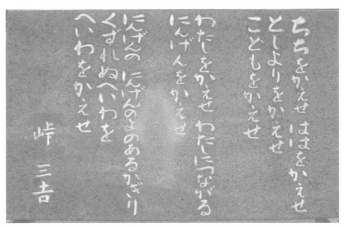

히로시마평화공원에 세워져 있는 도게 산키치의 시비

과 평화에 이바지하고자 했던 것이 분명합니다.

　그가 원폭을 당하게 된 것은 1945년 태평양전쟁이 한창이던 때에 요코하마에 있는 매형이 경영하는 성남항기城南航器에 근무하다가 4월에 요코하마 대공습이 있어 6월에 히로시마로 돌아옵니다. 그런데 8월6일, 원자폭탄이 떨어진 중심지로부터 3킬로미터 되는 자택에서 유리 파편을 맞아 상처를 입습니다. 잠시 원폭증原爆症에 시달리다가 조금 병세가 회복된 후에는 히로시마 청년문화연맹운동에 몰입하여 연맹의 위원장 역할을 맡기도 하며 히로시마 시인협회의 중심적 존재로서 각종 서클의 지도자로 활약합니다. 그러나 산키치는 원폭 후유증으로 지병인 폐결핵이 재발되어 허파절제 수술 중에 목숨을 잃어 사망합니다. 그럼 여기서 산키치가 남긴『원폭시집』안에 들어 있는 시 한 편을 감상하며 핵전쟁이 얼마나 처참한 결과를 가져오는 것인지를 함께 생각해보기로 합시다.

응급 치료소에서

그대들
울어도 눈물이 나올 데가 없다
울부짖어도 언어가 될 입술이 없다
버둥거리려 하여도 잡을 수 있는 손가락 살도 없다
그대들

피와 기름땀과 림프액으로 범벅된 사지를 허둥대면서
실처럼 감긴 눈을 하얗게 번뜩거리며
퍼렇게 부풀어 오른 배에 겨우 내복의 고무줄만 남은 채
부끄러운 곳조차 가릴 수 없게 된 그대들이
아아 조금 전까지는 귀여운
여학생이었던 것을
그 누가 정말이냐고 생각할 수 있을까

타서 짓물린 히로시마의
어슴푸레 흔들리는 불꽃 속에서
당신이 아닌 당신들이

줄줄이 뛰쳐나오고 기어 나와

이 풀밭에 겨우 다다라

오글쪼글한 민머리를 고민의 먼지 속에 처박는다.

어째서 이런 처지를 당해야만 하는 걸까

어째서 이런 처지를 당해야만 하는 걸까

무엇 때문에

무엇 때문에

그리고 그대들은

이미 자신이 어떤 모습으로

인간에서 멀어진 모양이 되어버려져 있는지를 모른다.

다만 회상하고 있다

당신들은 회상하고 있다

아침나절까지의 아빠와 엄마와 남동생과 여동생을

　　(지금 만났다고 해서 누가 그대를 알 수 있겠는가)

그리고 자고 일어나 아침밥을 먹었던 가족의 일을

　　(한순간에 담벼락의 꽃은 찢겨져 지금은 재의 흔적조차 알

　　수 없다)

생각하고 있다 생각하고 있다

줄줄이 움직이지 못하는 같은 무리에 끼어
회상하고 있다
전에는 처녀였던
인간의 딸이었던 날을

도게 산키치 빠三솜

모두 6연으로 되어 있습니다. 1연과 2연에서는 '그대들'의 모습이 얼마나 비참한 상태인가를 구체적으로 묘사하고 있습니다. "부끄러운 곳조차 가릴 수 없게 된 그대들"이 조금 전까지는 귀엽고 깔끔한 '여학생'이었다는 것을 알려주고 있습니다. 그렇게 된 것은 '히로시마의 불꽃' 때문이라고 3연에서 고발하고 있으며 4연에서는 "어째서 이런 처지를 당해야만 하는 걸까"라고 재차 반문하는 것으로 항의하고 있습니다.

핵폭탄이 투하되어 한순간에 지상이 생지옥이 되어버린 전반부 3연까지의 광경은 한마디로 하면 4연에서 시인이 말하고 있는 "인간에서 멀어진 모양" 그 자체입니다. 그리고 5연에서 소녀들과 함께 피폭 전의 일상생활을 회상하던 작가는 6연에서 한 편의 주제를 집약합니다. 원래 감수성이 풍부한 서정시인이었던 산키치는 "전에는 처녀였던/인간의 딸이었던 날을" 회상하며 곱게 시를 끝맺고 있습니다.

원자폭탄의 피해를 입은 비극을 그려내어 "무엇 때문에" 이 인간의 얼굴과 몸이 아닌 모양으로 '기어 나오며' 살아가야 되는지를 항의하던 시인은 "인간의 딸이었던 날을" 회상하는 것으로 인간성의 회복을 긍정적으로 찾고자 하는 마음을 감상해낼 수 있습니다.

지금도 핵무기에 대한 이야기로 날이 새고 날이 저문
다고 해도 과언이 아닙니다. 오래전부터 북한의 핵에 대하
여 '6자회담'이나 규제 등으로 해결하려 했으나, 유난히 작
년과 올해는 사드 문제로 더욱 나라 간에 시끄럽습니다.
UN기구가 있어도 여전히 인종 간의 불협화음은 그칠 날이
없고, 일본 또한 '전쟁할 수 있는 나라'로 되고 싶어 헌법을
바꾸고자 개헌에 속도를 내고 있는 실정입니다. 원폭시를
통해서도 핵무기가 얼마나 무서운가를 우리는 충분히 짐
작할 수 있습니다. 부디 우리 모두가 인간의 아들과 딸이기
를 바랍니다.

히로시마 원폭 투하의 다음 날인 8월 7일 구호센터 제2병원의 모습

한 줌의 바람이 되어
—말레시아 무고 생명 진혼시

···(전략)···

보아라도 주십시오 하다못해

한 장의 가족사진을

젊고 멋있는 아버지는 조금 고개를 기울이며 뒤쪽에 서 있고

단아한 용모의 어머니는 무릎을 포개 여동생을 안고

바로 밑의 남동생은 그 엄마의 등에 손을 걸치고 의자에 앉아

있고

다섯 사람의 눈은 희망에 반짝이며 이쪽을 보고 있다

하지만 행복은 하룻밤 사이에 파괴되어

다섯 명 중에 네 명은 말 못하는 뼈만 남은 해골이 되어

그 아버지가 어느 것인지

그 어머니가 어느 것인지

남동생은, 어린 여동생은 어느 것인지

영원히 찾을 방법도 없다

그러므로 하다못해

기도해주십시오

지금은 없는 쿠아라비라-칸웨이 마을을

마음에 새겨주십시오 하다못해

한 장의 행복한 가족사진을

아아 말레이시아의 도처에

수많은 비(碑)가 세워져 있고

말레이시아의 도처에

대일본제국군대의 악업(惡業)의 흔적이 있어

이곳 일본에서는

일장기가 또 기념식에 나부끼며

그 핏빛을 향하여 어린이들은 부동의 자세가 되고

아아 말레시아 도처에

여전히 잠들 수 없는 많은 해골이 있어

일본의 기업전사(企業戰士)들은 속속 트랩을 내려 아무렇지

도 않게 그 땅을 밟고

일본 관광객 또한 가볍게 속속 그 땅을 밟고

그러나 말레이시아에서는 그전에 마을이 있었고

지금은 모두 황폐해진 수풀더미에 바람만이 눈물처럼 불어

　(죽임당한 사람은 소생할 수 없으니까 우리들은 어떤 일이 가

　능할까

　다만 마음에 새겨 기도할 수밖에 그리고 전할 수밖에)

한 장의 행복한 가족사진을

바나나가 열리고 쌀이 풍부했던 저 이론론 마을을

펄럭이는 일장기 아래에 느닷없이 짓밟힌

어린 생명들의 지금도 계속되는 통곡을

전하지 않으면 안 된다

하다못해

한줌의 눈물 같은 바람이 되어

전하지 않으면 안 된다

하다못해—

이시카와 이쓰코 石川逸子

「한줌의 바람이 되어」는 말레이시아 느그리슴빌란주Negeri Sembilan 州의 중국계 사람들이 출판한『日治時期森州華族蒙難史料』(1987)에 들어 있는, 한시漢詩를 곁들인 한 장의 가족사진을 보고 일본의 저술가며 시인인 이시카와 이쓰코石川逸子, 1933-가 쓴 시입니다 그 사료에는 각지의 위령비와 함께 발굴된 다수의 해골 사진과 생존 희생자의 증언이 들어 있었다고 합니다. 거기에 동생 일가의 조난을 애도하는 샤오지난蕭之南 씨의 시가 들어 있었던 것입니다.

이쓰코 시인은 조난당한 일가족 중에 오로지 혼자 살아남은 샤오원후蕭文虎 씨를 만나보고 위의 시를 쓴 것입니다. 샤오원후 씨의 일가는 양친 모두 교사였다고 합니다. 일본군이 지식계급을 적성분자로 간주하고 있었으므로 난을 피하기 위하여 도시를 떠나 칸웨이 마을이라는 조용한 촌으로 소개하여 왔는데 도리어 그곳에서 7살이었던 샤오원후 씨를 빼고는 모두 살해되었다고 합니다. 1942년 3월 16일 갑자기 나타난 일본군에 의해 성인 426명, 어린이 249명, 모두 675명의 무고한 생명이 '초멸剿滅'이라는 명목하에 참살되었다고 합니다.

이쓰코는 도쿄 태생으로 오차노미즈お茶の水대학 사학과를 졸업한 사회파 시인으로서 일본의 침략전쟁에 대하여

1945년 종전 후 연합군이 인도 안다만 섬에서 촬영한 중국인 및 말레이시아인 종군 위안부

매우 죄송해하는 지성인입니다. 사학과 출신답게 일본인이 '탈아입구脫亞入歐'를 부르짖으며 동남아에 저지른 만행에 대하여 누구보다 신랄하게 비판합니다. 더욱이 한국이 남북 분단이란 상황에 처한 것도 그 원인이 일제가 강탈한 식민지 지배에 기인한다고 지적하고 있습니다.

그녀가 전쟁에 깊이 관심을 갖게 된 것은 1975년 여름 근무하고 있던 중학교에서 히로시마 수학여행을 가게 된 것이 계기였다고 합니다. 평화공원 안팎에 서 있는 비문 옆에서 피폭자와 그 유족들과 만나게 되었던 것입니다. 원폭

이 투하되던 8월 6일 8시 15분, 히로시마에서는 강제소개_強制疏開를 한 후의 정리 작업 때문에 중·고등학교 여학생들이 동원되어 피폭 중심지 가까이서 작업 중이었다고 합니다.

많은 소녀들이 피해를 입은 것에 충격을 받은 이쓰코는, 이미 백골이 되어버린 소녀들을 위해 자신이 할 수 있는 일이란 '잊지 않는 것'이라고 마음먹고, 1982년부터 작은 잡지 『히로시마·나가사키를 생각하다』를 발행하고 있습니다.

「한줌의 바람이 되어」에서도 시인이 강조하고 있는 것은 하룻밤 사이에 파괴되어버린 한 마을의 비극과 함께 행복했던 한 가족의 비극을 마음에 새겨 잊지 말아달라는 부탁입니다. 일본의 기업과 관광객들이 죄책감도 없이 가볍게 행동하는 것도 함께 꼬집으면서, 우리들이 할 수 있는 역할은 "하다못해" 전쟁이 얼마나 참혹한 일인가를 오래도록 기억하고 후대에 '전하여'줄 것을 시인은 간절히 부르짖고 있습니다. 전쟁으로 인한 피해는 우리 모두에게 불행이기 때문입니다. 그러나 그 어리석은 일들이 작금의 상황에서도 조금씩 체감되고 있기에 이쓰코는 다음의 시를 또 읊고 있습니다.

여기에 나무 한 그루가

여기에 나무 하나가 서 있습니다
백년의 뿌리를 넓혀가며

50년 전 한 사람의 젊은이와 한 사람의 처녀가
나무 아래서 상냥하게 서로를 응시하며 미래를 꿈꾸었습니다.

그렇지만 '영원한 동아의 평화'를 위해 젊은이는 징용되어
멀리 남쪽의 섬으로 끌려가서 돌아오지 않았습니다

남쪽 섬사람에게는 '일본 못된 놈'이었던 젊은이를
처녀는 기다리고 기다리다 늙은 여인이 되어 올여름 흙으로 돌
아갔습니다

그 옛날의 처녀였던 늙은 여인은 이제 알고 있었습니다.
'동아안정(東亞安定)'이란 이름으로 소녀들이 능욕되고 '불령을
응징'하기 위하여 집이 불타고 아기가 불에 태워진 것을

늙은 여인은 그 일을 한 그루 나무에게만 전했으므로
해마다 잎을 떨어뜨리며 나무는 몸을 떱니다

지금 '국제공헌'이란 명목으로 사악한 걸음마가 시작되려 하고
있다
나무는 괴로워 겨울이 오는 것이 무섭습니다

아아 백년의 뿌리를 더욱 뻗쳐 소리치지 않으면 안 된다
NO·PKO라고 많은 짓밟힌 목숨들을 대신하여

이시카와 이쓰코 石川逸子

패전으로 바닥을 쳤던 일본 경제가 1950년 6월에 일어난 한국전쟁의 특수特需 덕분에 활기를 되찾은 것은 잘 알려진 사실입니다. 조선·철강·전기·기계 등의 산업이 성장하면서 장기적인 호경기를 누리게 되어 1년 후의 철공업 생산 수준은 곧 제2차 세계대전 전으로 회복되었습니다. 또 한국전쟁이 일어나던 그해 7월 8일, 일본에 주둔하는 미군이 한국에 출격하였으므로 치안 공백을 보충하기 위한 목적으로 GHQ맥아더 사령관이 이끄는 연합군 총사령부의 지령에 의해 경찰예비대警察豫備隊를 설치했던 것이 시발점이 되어, 1956년에는 자위대自衛隊마저 창설되었습니다.

일본 정부는 GHQ가 작성한 헌법초안에 기초하여 헌법안을 만들었습니다. 제국의회를 거쳐 1946년 공포되어 1947년 5월 3일부터 시행된 헌법에는 모든 교전권의 부인과 전력戰力 보유 금지를 규정하고 있습니다. 일본국 헌법 제9조에서는 전쟁, 무력에 의한 위협 및 무력행사를 영구히 사용하지 않는다고 선언되어 있습니다.

"정부의 행위에 의해 다시 전쟁의 참화가 일어나는 일이 없도록 하는 것을 결의하고, ……일본 국민은, 항구히 평화를 염원하며, 인간상호의 관계를 지배하는 숭고한 이상을 깊이 자각하므로, 평화를 사랑하는 모든 국민의 공정과 신의

를 신뢰하여, 우리들의 안전과 생존을 보존하고 유지하도
록 결의하였다.”

　일명 ‘평화헌법’이라고 불리는 일본 헌법에서는 분쟁
해결을 위한 수단으로서의 전쟁, 나아가 자국의 안전을 유
지하기 위한 수단으로서의 전쟁마저도 포기한다는 것을
선언하고 있습니다. 그러나 1956년에 창설된 자위대는 계
속 그 전력을 확충하여오다가 미국의 부시 행정부 출범 이
후 걸프전쟁을 계기로 드디어는 해외파병에까지 이릅니다.

　「여기에 나무 한 그루가」는 후반부의 “‘국제공헌’이란
명목으로 사악한 걸음마가 시작되려 하고 있다”에서 알 수
있듯이 바로 자위대의 해외파병을 제재題材로 삼고 있습니
다. 전반부에서 인용되고 있는 ‘영원한 동아의 평화’, ‘동아
안정’이나 ‘불령을 응징’하기 위해서라는 언어들은 모두 아
시아태평양전쟁의 명분으로 삼았던 구호였습니다. 그와 마
찬가지로 이제는 또 ‘국제공헌’이라는 명목하에 해외파병
을 하는 정부권력에 대한 불만과 두려움을 한 그루의 나무
에 가탁하여 시인은 호소하고 있습니다.

　걸프전 이후 일본에서는 일본의 국제공헌과 유엔평화

유지활동에 대한 인적 기여의 문제가 본격적으로 논의되어「유엔평화유지활동에 등에 대한 협력법」, 이른바 PKO 협력법이 제정되었습니다. 전수방위專守防衛를 목적으로 하던 자위대가 1992년 9월 17일, 국제평화유지활동의 협력이란 명분으로 육상자위대 423명의 캄보디아 파병을 시작으로 점차 세계로의 활동 범위를 넓혀가게 된 것입니다.

시인이 'NO·PKO'라고 소리쳐야 한다고 주장하는 것은 이 PKO 협력법이 더 나아가 현행 헌법 9조의 수정으로 완결되어 다시 무력전쟁을 일으킬 수 있는 것에 대한 저항일 것입니다. 작금의 아베 정부와 극우주의자들의 행위가

욱일승천기를 휘날리며 군사퍼레이드를 벌이는 일본 자위대. PKO는 일본 재무장의 구실이 되고 있다.
(출처: YMZK-Photo/Shutterstock.com)

바로 시인이 PKO 협력법마저 부정하고 있었던 이유를 잘 말해주고 있습니다.

일본의 위정자들이 저지른 전쟁으로 인하여 "많은 짓밟힌 목숨들을 대신하여" 시인은 강력하게 반전反戰을 주장해줄 것을 부르짖고 있습니다. 노벨 문학상을 탄 오에 켄자부로大江健三郎가 '9조회' 창립 멤버로서 일본 헌법 9조에 들어 있는 마지막 문구 "결의했다"를 보통명사화해야 한다고 주장하는 것도 위의 시에서 말하는 "사악한 걸음마"를 저지하기 위한 같은 맥락이라고 생각합니다.

전몰자에게 바치는 조사
—직장신문에 게재된 105명의 전몰자명부에 덧붙여—

여기에 쓰인 하나의 이름에서, 한 사람이 일어선다.

아— 당신이었군요.

당신도 죽었었군요.

활자로 하면 넉 자나 다섯 자. 그 저편에 있는 하나의 목숨.

비참하게 끝나버린 한 사람의 인생.

예를 들면 에비하라 스미코(海老原壽美子) 씨. 키 크고 발랄한

젊은 여성. 1945년 3월 10일의 대공습에, 엄마와 서로 껴안고,

하수구 속에서 죽어 있었다, 나의 친구.

너는 지금,

어떤 잠을,

자고 있는 것일까.

그리고 나는 어떻게, 깨어 있다고 말하는 걸까?

죽은 자의 기억이 멀어져갈 때,

같은 속도로, 죽음은 우리들에게 가까이 다가온다.

전쟁이 끝나고 20년. 이제 여기에 나란히 있는 죽은 자들의 일

을, 기억하고 있는 사람도 직장에 적다.

죽은 자는 조용히 일어선다.

쓸쓸히 웃는 얼굴로,

이 지면(紙面)에서 일어나 사라지려 하고 있다. 망각의 저편으

로 떠나려 하고 있다.

나는 불러댄다.

니시와키 씨

미즈마치 씨

모두, 이곳으로 돌아와주세요.

어찌하여 전쟁에 휘말려,

어떻게 해서

죽지 않으면 안 되었는지를.

말해

주십시오.

전쟁의 기억이 멀어져갈 때,

전쟁이 다시

우리들에게 가까이 다가온다.

그렇지 않다면 물론 좋다.

8월 15일.

잠자고 있는 것은 우리들.

괴로움에 깨어 있는 것은

여러분들.

가지 마십시오 여러분, 부디 이곳에 있어주십시오.

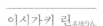

이시가키 린石垣りん

이시가키 린石垣りん, 1920~2004은 도쿄에서 태어났습니다. 초등학교 때부터 시를 쓰기 시작하여 잡지에 투고하기도 하였습니다. 그러나 일찍이 4살 무렵 생모와 사별死別했는데, 그 후에도 아버지가 맞이한 새엄마들과도 두 번씩이나 사별을 하는 특이한 체험을 하는 등 가정적으로는 혜택을 받지 못한 시인입니다. 빨리 사회에 나가 일을 하여, 그곳에서 번 돈으로 자신이 하고 싶은 일을 해야겠다는 생각에서 1934년 아카사카赤坂고등소학교를 졸업하고서는 곧 일본 흥업은행에 입사합니다. 1975년 정년퇴직할 때까지 41년간 근무하는 동안 직장의 노동조합운동에 참가하여 조합신문 등에 시를 발표, 노동시인으로서 출발하였습니다. 평생 독신으로 살면서 자신을 둘러싸고 있는 것과의 관계를 냉철하게 응시하며 인간 존재에 대한 시야를 넓히는 시를 평범한 언어로 쉽게 써서, 폭넓은 독자를 갖고 있는 시인입니다.

「전몰자에게 바치는 조사」에서 시인은 나직하지만 "전쟁의 기억이 멀어져갈 때/ 전쟁이 다시/ 우리들에게 가까이 다가온다."고 단호하게 말하고 있습니다. 마지막 행에서 조사(弔詞)는 다음의 애원하는 말로 끝을 맺고 있습니다.

아베 정권의 평화헌법 개헌 시도 저지와 재무장 및 전쟁 반대를 외치는 일본 시민들

여러분들,

가지 마십시오 여러분, 부디 이곳에 있어주십시오.

　죽은 영혼을 위로하며 잘 보내겠다는 것이 아니라 "부디 이곳에 있어주십시오."라고 말하는 것은 기억이 멀어져 갈 때 전쟁이 다시 가까이 올 수 있음을 두려워하는 우리들을 위해 부디 있어달라는 애타는 역설입니다. 그러나 살아 있는 자가 아닌 그들이 있을 곳은 바로 우리의 기억 안에 머무를 수밖에 없습니다.

　비참하게 죽은 직장 동료의 일을 기억하는 사람조차 적어진 우리들이야말로 바로 "잠자고 있는 것"이고 그들은 아직도 "괴로움에 깨어 있는 것"이라고 읊고 있습니다. 살아 있는 사람이 늘 긴장하며 각성하고 있지 않을 때 비참한 역사는 되풀이될 수 있음을 강조함으로써 조사를 대신하고 있습니다. 괴로운 잠을 자고 있는 친구에 대하여 그 기억을 잊어버릴 때 '나'는 "어떻게, 깨어 있다고 말하는 걸까?"라고 살아남은 자의 역할을 시인은 암시하고 있습니다.

반드시 우리 모두는 오래도록 기억하여 전쟁이 다시 일어나지 않도록 하는 것에 힘을 모읍시다. '평화'를 유지하는 것만이 비참하게 또 허무하게 죽어간 사람들에 대한 진정한 조사가 될 것이라 믿습니다.

부록

반전시 원문

厭戰鬪

宮崎湖處子

かちぬまけぬと世の中の、
ののしりさわぐ聲きくは、
木ずえをはらう秋風の
音ずれよりもなおつらし。

わが世たのしむ民のため、
いくさを廢むる術あらば。

ものさわがしきこのころは
さびしき野べもかいあらず。
葦間をわたる風にさえ、
おどろかさるるわがこころ。

亂調激韻

中里介山

鍬投て、我今日出立つ故山の圃。

籬に凭りて我を送る老たる母。

白髪愁長くして老眼涙あふる。

慇懃、袖を引く、我がうない子。

無心、彼は知ず、父が死出の旅。

我が腸断つと云わんや、

國の爲なり、君の爲なり。

さらばよ、我が鍬とりし畑。

さらばよ、我が鋤洗いし小川。

我を送る郷關の人、

願ば、暫し其『万歳』の聲を止よ。

靜けき山、清き河、

其の異様なる叫びに汚れん。

万歳の名に依て、死出の人を送。

我豈憤らんや、

国の為なり、君の為なり。

淼淼煙波三千里、

東、郷関を顧みて我が腸断つ。

西、前途を望めば夏雲累々。

泣かんか、笑わんか、叫ばんか。

一夜、舷を叩いて月に対す、

あー我、怯なりき、

懐は横槊高吟の英雄に飛ばず。

家郷を憶うて涙雨の如し。

我豈泣かんや、

国の為なり、君の為なり。

落日斜なる荒原の夕、

満目に横う伏屍を見よ、

夕陽を受けて色暗澹。

夏草の闇を縫うて流るる

其の腥き人の子の血を見よ。

敵、味方、彼も人なり、我も人也。

人、人を殺さしむるの権威ありや。

人、人を殺すべきの義務ありや。

あー言うこと勿れ、

国の為なり、君の為なり。

仁川海戰の前夜

小杉未醒

上　戰の神

寂なるかな夜の海

御空に星も瞬けば

藻草の床に鱗介も

夢安らか眠るべき

真闇の波を遭いで行く

小舟の底に何物ぞ

さゝやく声の聞ゆるよ

"あゝ大殺の日は近きぬ／重ね重ねの怨恨に耐へぬ／仇と舷相対いては／

平和の笑みを誰が含むべき／見よ早すでに雲の間より／俯して望みて打点頭きて／

破壊を喜び死の香を嗜む／戦の神は降りませるを／そが幾度か血汐に染めし／

から紅の鎧の上に／漆より濃き長裳を垂れて／袖に秘印の指折りしつゝ／

一刻一宮星一々に／算じて消して消して算じて／二十四刻の機のめぐ

る時／

黒鉄の脚、海原を蹴り／雷の声、天雲を裂き／大凶日の呪文を誦しつ
ゝ／

小さき魂いくばく砕かむ／海魔の膳に肉贈るべく”//

さらば爆風の荒るゝ前

しばしが程の沈静さか

腥気水より冷かに

水、鉛より重くして

我船などや疾く行かぬ

あゝ物凄き夜の海よ

開城の宿

小杉未醒

征露の師屯して

　　　人騒がしき開城の

宿の小窓のうすあかり

　　　詫(ママ)びしさや酒も冷めたるに

童は言葉相解さず

　　　家をめぐりて家鴨なく

三月寒き雨の音

　　　明日は草鞋や重から

歸れ弟

小杉未醒

歸れ弟夕の鳥の

林の中に沒る如歸れ

韓の平壤氣は腥く

乾ける風に殺氣ぞこもる

いかんぞ國の春を蹴立てて

好んで平沙の風雨を慕ふや

弟汝の白き額の

あないたましや日に黒みたり

戀と歌とを語るに澄みし

星の瞳の猛くもなりぬ

稚兒なす覇氣の已むに難くて

八道の野に墓求めにか

歸れ弟夕の鳥の

林の中に沒る如歸れ

かの美しき優しきものの

情の絆燒いて斷ちしは

何が煽りし野心の炎ぞ

留めし袂を魔や拂はせし

233

云ふな却つて理めかし

兄をいかにと比べて説くな

汝に敎ゆかかる處は

とはに情の春に追はれし

吾輩の怨みを吐きつつ

濁りに沈む冷たき塚よ

兄の血の香をなどや羨む

疾く其腰の刃を捨てよ

歌の泉の清くも湧けば

弟ながら神の若子よ

玉の器を守りて歸れ

別れの盃擧ぐるも遲し

憂ひて泣いて待つらむ人に

酷くも解きし其手を返せ

歸れ弟夕の鳥の

林の中に沒る如歸れ。

234

月と病兵

小杉未醒

燃ゆるが如きの上

冷ややかなりと覚えしは

窓に忍びてれし

月の影にてありけるよ

思へば去りし戦に

流れを胤すしるべせし

目はあだかもけふの月

熱に眠りて熱に覚む

病の床の起き臥しも

早ひと月を経にけりな

　　あゝさやかなる月の影

彼の鴨緑の中島を

二人並びて進みしが

右に左に乱れどぶ

弾丸に驚く砂煙

たゞ一声の名残にて

あはれ故園に新妻の

秘めたる夢もそのまゝに

胸砕かれて倒れにし

親しき友が骨の上

今宵はいかに照すらむ

　　あゝさやかなる月の影

異境の陣に病めりとは

音信れせぬば知りまさじ

老いたる母の只独り

村端れなる詫住居

あしたの畑にくさぎりて

夕の市に葱売る

いとゞ貧しきたつきにも

なほ北の方子を思ふ

夜をこめたるあばら屋を

今宵はいかに照らすらむ

　　あゝさやかなる月の影

236

戦争の歌

木下直江

　　　青山墓地にて

山桜

散るを誉れと歌

われし

「軍神」のあと来てみれば

五月雨暗き原頭に

標の杭は白けれど

風に花輪の骸乱れ

いともあらわの墳墓

心ありてやま榊の

青葉の袖に打ち掩い

涙とばかり露を滴る

　　都人士の歌は花より先に枯れて

　　雨の青山訪う影もなし

　　　新大将

戦争五ケ月ならずして

大将七人早や現われぬ

237

寡婦と孤児とは数知らねど

餓孚（がひょう）は地上に充満（みちみ）てり

　　　召集兵

残る妻子や白髪の親の

明日を忍べば

心が裂ける

名誉々々と騒いで呉れな、

国の為との世間の義理で、

何も云わずに只だ目を閉じて

涙かくして

死に行く

君死にたまふことなかれ
―旅順の攻囲軍にある弟宗七を歎きて―

与謝野晶子

君死にたまふことなかれ。

末に生れし君なれば

親のなさけは勝りしも

親は刃をにぎらせて

人を殺せと教へしや

人を殺して死ねよとて

廿四までを育てしや。

堺の街のあきびとの

老舗を誇るあるじにて、

親の名を継ぐ君なれば、

君死にたまふことなかれ、

旅順の城はほろぶとも、

ほろびずとても、何事ぞ、

君は知らじな、あきびとの

家のおきてに無かりけりを。

君死にたまふことなかれ、
すめらみことは、戦ひに
おほみづからは出でまさね、
かたみに人の血を流し、
獣の道に死ねよとは、
死ぬるを人の誉れとは、
大みこころの深ければ
もとより如何で思されん。

ああ、弟よ、戦ひに
君死にたまふことなかれ、
過ぎにし秋を父君に
おくれたまへる母君は、
歎きのなかに、いたましく
我子を召され、家を守り、
安しと聞ける大御代も
母の白髪は増さりぬる。

暖簾のかげに伏して泣く
あえかに若き新妻を、

君忘るるや、思へるや、

十月も添はで別れたる

少女ごころを思ひみよ、

この世ひとりの君ならで

ああまた誰を頼むべき、

君死にたまふことなかれ。

軍隊
―通行する軍隊の印象―

萩原朔太郎

この重量のある機械は
地面をどつしりと圧へつける
地面は強く踏みつけられ
反動し
濛濛とする埃をたてる。
この日中を通つてゐる
巨重の逞ましい機械をみよ
黝鉄の油ぎつた
ものすごい頑固な巨体だ
地面をどつしりと圧へつける
巨きな集団の動力機械だ。
　づしり、づしり、ばたり、ばたり
　　ざつく、ざつく、ざつく、ざつく。

この兇逞な機械の行くところ
どこでも風景は褪色し
黄色くなり

日は空に沈欝して

意志は重たく圧倒される。

　づしり、づしり、ばたり、ばたり

　お一、二、お一、二。

お　　この重圧する

おほきなまつ黒の集団

浪の押しかへしてくるやうに

重油の濁つた流れの中を

熱した銃身の列が通る

無数の疲れた顔が通る。

　ざつく、ざつく、ざつく、ざつく

　お一、二、お一、二。

暗澹とした空の下を

重たい鋼鉄の機械が通る

無数の拡大した瞳孔ひとみが通る

それらの瞳孔ひとみは熱にひらいて

黄色い風景の恐怖のかげに

空しく力なく彷徨する。

疲労し

困憊ぱいし

幻惑する。

　　お一、二、お一、二

　　歩調取れえ！

お　　このおびただしい瞳孔どうこう

埃の低迷する道路の上に

かれらは憂鬱の日ざしをみる

ま白い幻像の市街をみる

感情の暗く幽囚された。

　　づしり、づしり、づたり、づたり

　　ざつく、ざつく、ざつく、ざつく。

いま日中を通行する

黝鉄の凄く油ぎつた

巨重の逞ましい機械をみよ

この兇暹な機械の踏み行くところ

どこでも風景は褪色し

空気は黄ばみ

意志は重たく圧倒される。

　　づしり、づしり、づたり、づたり

　　づしり、どたり、ばたり、ばたり。

　　お一、二、お一、二。

ある野戦病院に於ての出來事

萩原朔太郎

　戦場に於ける『名誉の犠牲者』等は、彼の瀕死の寝台をとりかこむあの充満した特殊の気分 ―― 戦友や、軍医によって絶えず語られる激励の言葉、過度に誇張された名誉の頌讃、一種の緊張された厳粛の空気 ―― によってすっかり酔わされてしまう。彼の魂は高翔して、あたかも舞台における英雄のごとく、悲壮劇の高潮に於て絶叫する。「最後に言う。皇帝陛下万歳!」と。

　かくの如き悲惨事は見るに堪えない。青年を強制して死地に入れながら、最後の貴重な一瞬間に於てすら、なお彼を麻痺さすべく阿片の強烈な一片を与えるというのは! さればある勇敢な犠牲者等は、彼の野戦病院の一室に於て、しばしば次の如く叫んだであろう。「この驚くべき企まれたる国家的奸計を見破るべく、最後に臨んで、私は始めて素気であった」と。併しながらこの美談は、後世に伝わらなかったのである。

新聞にのった寫眞

中野重治

　ごらんなさい

こっちから二番目のこの男をごらんなさい

これはわたしのアニキだ

あなたのもう一人の息子だ

あなたのもう一人の息子　私のアニキが

ここにこのような恰好をして

脚絆をはがされ

弁当をしょわされ

重い弾薬嚢でぐるぐる巻きにされ

構え銃(つつ)　タマ込め　ツケケンをさされて

ここに

上海(シャンハイ)総工会の壁の前に

足をふんばって人殺しの顔つきで立たされている

ごらんなさい　母上

あなたの息子が何をしようとしているかを

あなたの息子は人を殺そうとしている

見も知らぬ人をわけもなく突き殺そうとしている

その壁の前にあらわれる人は

そこであなたの柔しいもう一人の息子の手で

その慄える胸板をやにわに抉られるのだ

いっそうやにわにいっそう鋭く抉られるために

あなたの息子の腕が親指のマムシのように縮んでいるのをごらんなさい

い

そしてごらんなさい

壁の向こうがわを

そこの建物の中で

たくさんの部屋と廊下と階段と窖（あなぐら）との中で

あなたによく似たよその母の息子たちが

錠前をねじ切り

金庫をこじあけ

床と天井とをひっぺがえして家探しをしているのを

物盗りをしているのを

そしてそれを拒むすべての胸が

円い胸や 乳房のある胸や あなたの胸のように皺のよった胸やが

あなたの息子のと同じい銃剣で

前と後とから刺し貫かれるのをごらんなさい

おお

顔をそむけなさるな　母よ

あなたの息子が人殺しにされたことから眼をそらしなさるな

その人殺しの表情と姿勢とがここに新聞に写真になって載ったのを

そのわななく手の平で押えなさるな

愛する息子を腕の中からもぎ取られ

そしてその胸に釘を打ちこまれた千人の母親達のいることの前に

あなたがそのなかのただ一人でしかないことの前に

母よ

私と私のアニキとのただ一人の母よ

そのしばしばする老眼を目つぶりなさるな

一つの列車とハンカチ

福田正夫

一つの列車が、

わっと譲ぎる様に万歳をわめきながら、

西伯利亜出兵の兵士をのせて、

通過して行く瞬間 ―

窓から争う様にふるハンケチ、

沿道の人々は呆然として見送る、

一人の老いた車夫だけが、

万歳と叫んだ、帽をふった。

私の魂はまず驚く、

何という悲壮だ、

まるでやけの様に呼ばわる彼らの叫喚、

死にに行くのだ、死にに行くのだ、

なんという国民的の悲劇だ。

私は自ら流れて来る感激に

思わずもしょうぜんとして粟立ち、

ついで来たものは満眼の涙であった、

ああ卿等よ、私は万歳を叫ぶにはあまりに凡てを知りすぎている、

許せ、私は涙を以て卿等をおくる。

海上の憂鬱

白鳥省吾

海に浮かぶ軍艦十数隻、二万の水兵の形づくる男性の国、
煤煙と雑音と港をながれる重油の匂い。

一切の兵器は磨き上げられ、
巨大なる砲門は日に熱し、大砲の弾は三里もブッ飛ぶのだ。

科学の力と極致と国の富とを傾注して、
人間の集団の血と汗によって完成された壮観。

ああこの時代錯誤の哄笑、軍縮申し合わせは一つの良心であるか、
ムズムズと戦争がしたくなるのは誰だ。

緊張とナンセンスと虚無と残虐と浪費と
個々の人間の生活難とおおそして平和といふ奴。

千の人間をのせてる軍艦には
ほぼそれに近い灰色のシャツとズボンが洗濯されて干されてある。

殺戮の殿堂

白鳥省吾

人人よ心して歩み入れよ、

静かに湛へられた悲痛な魂の

夢を光を

かき擾すことなく魚のように歩めよ。

この遊就館のなかの砲弾の破片や

世界各国と日本とのあらゆる大砲や小銃、

鈍重にして残忍な微笑は

何物の手でも温めることも柔げることも出来ずに

その天性を時代より時代へ

場面より場面へ転転として血みどろに転び果てて、

さながら運命の洞窟に止まったやうに

疑然と動かずに居る。

私は又、古くからの名匠の鍛へた刀剣の数数や

見事な甲冑や敵の分捕品の他に、

明治の戦史が生んだ数多い将軍の肖像が

壁間に列んでいるのを見る。

遠い死の圏外から

彩色された美美しい軍服と厳しい顔は、

蛇のぬけ殻のやうに力なく飾られて光る。

私は又手足を失って皇后陛下から義手義足を賜はったといふ士卒の

小形の写真が無数に並んでいるのを見る、

その人人は今どうしている?

そして戦争はどんな影響をその家族に与へたらう?

ただ御国の為に戦へよ

命を鵠毛よりも軽しとせよ、と

ああ出征より戦場へ困苦へ……

そして故郷からの手紙、陣中の無聊、罪悪、

戦友の最後、敵陣の奪取、泥のやうな疲労.......

それらの血と涙と歓喜との限りない経験の展開よ、埋没よ、

温かい家庭の団欒の、若い妻、老いた親、なつかしい兄弟姉妹と幼児、

私は此の士卒達の背景としてそれらを思ふ。

そして見ざる溜散弾も

轟きつつ空に吼えつつ何物をも弾ね飛ばした、

止みがたい人類の欲求の

永遠に血みどろに聞こえくる世界の勝ち鬨よ、

硝煙の匂ひよ、

進軍喇叭よ、

おお殺戮の殿堂に
あらゆる傷つける魂は折りかさなりて、
静かな冬の日の空気は死のやうに澄んでいる
そして何事もない。

戦争

――何故戦争に行きたくないと云うのか。

――殺さずにいられない気持ちが自分の中に動いてもいないのに、見も

しらぬ人と殺し合わなくなるのが厭 [いや] だからです。

――みんな喜んで召集に応じて来るではないか。

――嘘です。

――群衆はあんなに熱狂しているではないか。国中は沸〈わ〉き立って

いるではないか。

――瞞 [だま] されているんです。

――瞞された位で、あんなに心底から熱狂出来ると思うのか。

――心底から？

――心底からだ。

――若しそうならたとえ瞞されているとしても、私は沈黙します。だが一

人でも無理矢理引き摺り出されて、仕方なく群衆に和している者があ

ったなら、あなた方を憎悪します。

――憎悪した所で、どうにもなりはしないではないか。

――憎悪する者が無数に生まれてもですか。

――黙れ！　戦争はもう始まっている。お前も召集されているではない

か。否(いや)でも応でも行かなければならないではないか。

——行きたくありません。

　——銃殺するぞ！

　——行きたくありません。

銃殺
―或る國境守備兵の話―

金井新作

― この不逞鮮人共を、あの立木に、縛りつけろ。目隠しだ

中隊長の命令には、微塵の情もなかった

四人の鮮人は、悲痛な声で、泣き喚いた

地面に身体を投げ出し、天に、両手を差し上げて、救いを求める姿!

俺達、選び出された、十人の射撃の名手

は、四人の泣き声で、一杯だった

俺達の心は、この無残な銃殺を拒否した 寝射ち!

― 寝射ち! 一斉射撃!

俺たちは弾丸をこめなければならなっかた

実弾だ

俺達の手は、ぶるぶる震えた

四人の嘆き祈る声声は、晴れわたる国境の空に響いた

必死になって、身悶える、その絶望的な努力は、俺達の胸を掻きむし

った

──狙いを定めた

──　射て、銃！

轟然たる音響！
だが──
一発も命中していないではないか

一度死ななければ、放免されるのが規則だ
俺たちは中隊長を見た
そこに残忍な二つの瞳がふるえていた

──　臆病者め！　俺がこうしてやる
中隊長はきらり軍刀を抜き放った
四人の鮮人は、目隠しを取られた
瞬間、喜びに輝いた顔は、鋭い刃を見て、さっと曇った
忽ち四人は地面に斬り倒された
血の滴る軍刀を拭きながら、中隊長はにやり笑った

俺たちの銃口は、中隊長の胸倉に吸いよせられた
俺たちは、黙って、こみあげて来る涙をのみ込んだ

戦争

金子光晴

千度もぼくは考えこんだ。

一億とよばれる抵抗のなかで

「なにが戦争なのだろう?」

戦争とは、 たえまなく血が流れ出ることだ。

そのながれた血が、 むなしく

地にすいこまれてしまうことだ。

ぼくのしらないあいだに。 ぼくの血のつつきが。

敵も、 味方もおなじように、

「かたなければ。」と必死になることだ。

鉄びんや、橋のらんかんもつぶして

大砲や、軍艦に鋳直されることだ。

反省したり、味わったりするのはやめて

瓦を作るように形にはめて、人間を戦力としておくりだすことだ。

十九の子どもも。

五十の父親も。

十九の子どもも

五十の父親も

一つの命令に服従して、

左をむき

右をむき

一つの標的ひき金をひく。

敵の父親や

敵の子どもについては

考える必要は毛頭ない

それは、 敵なのだから。

そして、戦争が考えるところによると、

戦争よりこの世にりっぱなことはなことはないのだ。

戦争より健全な行動はなく、

軍隊よりあかるい生活はなく、

また戦死より名誉なことはない。

子どもよ。 まことにうれしいじゃないか。

たがいにこの戦争に生まれあわせたことは。

十九の子どもも

五十の父親も

おなじおしきせをきて

おなじ軍歌をうたって。

富士

金子光晴

重箱のように
せまっくるしいこの日本。

すみからすみまで　みみっちく
俺たちは数えあげられているのだ。

そして、失礼千万にも
俺たちを召集しやがるんだ。

戸籍簿よ。早く焼けてしまえ。
誰も。俺の息子をおぼえてるな。

息子よ。
この手のひらにもみこまれていろ。
帽子のうらへ一時、消えていろ。

父と母とは、裾野の宿で
一晩じゅう、そのことを話した。

裾野の枯林をぬらして
小枝をピシピシ折るような音を立てて
夜どおし、雨がふっていた。

息子よ。ずぶぬれになったお前が
重たい銃をひきずりながら、あえぎながら
自失したようにあるいている。それはどこだ？

どこだかわからない。が、そのお前を
父と母とがあてどなくさがしに出る
そんな夢ばかりのいやな一夜が
長い、不安な夜がやっと明ける。

雨はやんでいる。
息子のいないうつろな空に
なんだ。糞おもしろくもない
洗いざらした浴衣のような
富士。

紙の上

山之口貘

戦争が起きあがると

飛び立つ鳥のように

日の丸の翅をおしひろげそこからみんな飛び立つた

一匹の詩人が紙の上にゐて

群れ飛ぶ日の丸を見あげては

だだ

だだ　と叫んでゐる

発育不全の短い足　へこんだ腹　持ちあがらないでっかい頭

さえづる兵器の群れをながめては

だだ

だだ　と叫んでゐる

だだ

だだ　と叫んでゐるが

いつになつたら「戦争」が言えるのか

不便な肉体

どもる思想

まるで砂漠にゐるようだ

インクに渇いたのどをかきむしり熱砂の上にすねかへる

その一匹の大きな舌足らず

だだ

だだ　と叫んでは

飛び立つ兵器をうちながめ

群れ飛ぶ日の丸を見あげては

だだ

だだ　と叫んでゐる

雷雨

倉橋顯吉

世の終り。

日の終り。

暗い空一杯に

あのいまいましい喚声は誰のものだ。

キナくさい火柱が土に突き刺り

燃立つ火は既に　徳に汚れている。

ああ、こんな日に

歓喜は誰のもの。

地上は誰のものだ。

天より砲火のために

地上を売る從輩はだれか。

肺望と降って来るものの下

力失ったキリストたちが

土に伏している。

―　エリ　エリ　レマ　サバクタニ

まひる

みがかれたようにはれた空の下を
南風が激しく吹きぬけて行く。
白く芽立った雑木林の丘は
大波のようにゆれている。
私は麦畑につづく道をあるいていた。
ラジオの声が
風をついてひろがった。

三月二十日以後
硫黄島の見方は通信を絶つという。
報道は二度くりかえされ
「海ゆかば」がそのあとにつづいた。
海ゆかばのうたは
丘と麦畑にひびきわたった。
きらきらと真ひるの太陽はそらのまんなかにかがやき
地におちてみじかい影となった。
私はそのうえに立った。
硫黄島はすでに通信を絶つという。

兵士の歌

鮎川信夫

穫りいれがすむと

世界はなんと曠野に似てくることか

あちらから昇り　むこうに沈む

無力な太陽のことばで　ぼくにはわかるのだ

こんなふうにおわるのはなにも世界だけではない

死はいそがぬけれども

いまはきみたちの肉と骨がどこまでもすきとおってゆく季節だ

空中の帝國からやってきて

重たい刑罰の砲車をおしながら

血の河をわたっていった兵士たちよ

むかしの愛も　あたらしい日附の憎しみも

みんな忘れる祈りのむなしさで

ぼくははじめから敗れ去っていた兵士のひとりだ

なにものよりも　おのれ自身に擬する銃口を

たいせつにしてきたひとりの兵士だ

おお　だから……

ぼくはすこしずつやぶれてゆく天幕のかげで

膝をだいて眠るような夢をもたず

いつわりの歴史をさかのぼって

すこしずつ退却してゆく軍隊をもたない

……誰もぼくを許そうとするな

ぼくのほそい指は

どの方向にでもまげられる關節をもち

安全裝置をはずした引金は　ぼくひとりのものであり

どこかの國境を守るためではない

勝利を信じないぼくは……

ながいあいだこの曠野を夢みてきた　それは

絶望も希望も住む場所をもたぬところ

未來や過去がうろつくには

すこしばかり遠いところ　狼の影もないところ

どの首都からもへだった　どんな地図にもないところだ

廣い曠野にむかう魂が

……どうして敗北をしんずることができようか

かわいたとび色の風のなかで

からっぽの水筒に口をあてて

消えたいのちの水をのんでいる兵士たちよ

きみたちは　もう頑强な村を燒きはらったり

奥地や海岸で　抵抗する住民をうちころす必要はない

死の穫りいれがおわり　きみたちの任務はおわったから

きみたちは　きみたちの大いなる眞晝をかきけせ！

白くさらした骨をふきよせる夕べに

死靈となってさまよう兵士たちよ

きみたちのいない暗いそらのあちこちから

沈黙よりも固い無名の木の實がはじけとび

四月の雨をまつ土にふかく射ちこまれている

おお　しかし……

森や田畑やうつくしい町の視覺像はいらない

ぼくはぼくの心をつなぎとめている鎖をひきずって

ありあまる孤獨を

この地平から水平線にむけてひっぱってゆこう

頭上で枯れ枝がうごき　つめたい空氣にふれるたびに

榴散彈のようにふりそそぐ淋しさに耐えてゆこう

歌う者のいない咽喉と　主權者のいない胸との

血をはく空洞におちてくる

にんげんの悲しみによごれた夕陽をすてにゆこう

この曠野のはてるまで

……どこまでもぼくは行こう

ぼくの行手ですべての國境がとざされ

彈倉をからにした心のなかまで

きびしい寒さがしみとおり

271

吐く息のひとつひとつが凍りついても

おお　しかし　どこまでもぼくは行こう

勝利を信じないぼくは　どうして敗北を信ずることができようか

おお　だから　誰もぼくを許そうとするな

わたしが一番きれいだったとき

茨木のり子

わたしが一番きれいだったとき

街々はがらがらと崩れていって

とんでもないところから

青空なんかが見えたりした

わたしが一番きれいだったとき

まわりの人達が沢山死んだ

工場で　海で　名もない島で

わたしはおしゃれのきっかけを落としてしまった

わたしが一番きれいだったとき

誰もやさしい贈り物を捧げてはくれなかった

男たちは挙手の礼しか知らなくて

きれいな眼差だけを残し皆発っていった

わたしが一番きれいだったとき

わたしの頭はからっぽで

わたしの心はかたくなで

手足ばかりが栗色に光った

わたしが一番きれいだったとき
わたしの国は戦争で負けた
そんな馬鹿なことってあるものか
ブラウスの腕をまくり卑屈な町をのし歩いた

わたしが一番きれいだったとき
ラジオからはジャズが溢れた
禁煙を破ったときのようにくらくらしながら
わたしは異国の甘い音楽をむさぼった

わたしが一番きれいだったとき
わたしはとてもふしあわせ
わたしはとてもとんちんかん
わたしはめっぽうさびしかった

だから決めた　できれば長生きすることに
年とってから凄く美しい絵を描いた
フランスのルオー爺さんのように　ね

水ヲ下サイ

原民喜

水ヲ下サイ

アア　水ヲ下サイ

ノマシテ下サイ

死ンダハウガ　マシデ

死ンダハウガ

アア

タスケテ　タスケテ

水ヲ

水ヲ

ドウカ

ドナタカ

　オーオーオーオー

　オーオーオーオー

天ガ裂ケ

街ガ無クナリ

川ガ

ナガレテヰル

オーオーオーオー

オーオーオーオー

夜ガクル

夜ガクル

ヒカラビタ眼ニ

タダレタ唇ニ

ヒリヒリ灼ケテ

フラフラノ

コノ　メチヤクチヤノ

顔ノ

ニンゲンノウメキ

ニンゲンノ

仮繃帯所にて

峠三吉

あなたたち

泣いても涙のでどころのない

わめいても言葉になる唇のない

もがこうにもつかむ手指の皮膚のない

あなたたち

血とあぶら汗と淋巴液リンパえきとにまみれた四肢ししをばたつかせ

糸のように塞ふさいだ眼をしろく光らせ

あおぶくれた腹にわずかに下着のゴム紐だけをとどめ

恥しいところさえはじることをできなくさせられたあなたたちが

ああみんなさきほどまでは愛らしい

女学生だったことを

たれがほんとうと思えよう

焼け爛ただれたヒロシマの

うす暗くゆらめく焔のなかから

あなたでなくなったあなたたちが

つぎつぎととび出し這い出し

この草地にたどりついて

ちりちりのラカン頭を苦悶くもんの埃ほこりに埋める

何故こんな目に遭あわねばならぬのか

なぜこんなめにあわねばならぬのか

何の為に

なんのために

そしてあなたたちは

すでに自分がどんなすがたで

にんげんから遠いものにされはてて

しまっているかを知らない

ただ思っている

あなたたちはおもっている

今朝がたまでの父を母を弟を妹を

（いま逢ったってたれがあなたとしりえよう）

そして眠り起きごはんをたべた家のことを

（一瞬に垣根の花はちぎれいまは灰の跡さえわからない）

おもっているおもっている

つぎつぎと動かなくなる同類のあいだにはさまって

おもっている

かつて娘だった

にんげんのむすめだった日を

ひとつぶの風となって　せめて
—マレーシア無辜生命鎮魂詩

石川 逸子

…（前略）…

見てください　せめて　一枚の家族写真を

若くてスマートな父は少し首をかしげて後に立ち

整った面立ちの母は、膝を組んで妹を抱き

すぐ下の弟は　その母の背に手をかけて椅子に寄り

5人の目は希望にかがやいてこちらを見ている

なのに　幸せは一夜にして壊され

5人のうち4人は　物いわぬされこうべとなって

その父がどれか　その母がどれか　弟は　幼い妹はどれか

永遠に探すすべもない

だから　せめて　祈ってください　今はないクアラビラー・カンウェイ

村を

心に刻んでください　せめて

一枚の幸福な家族写真を

ああ　マレーシアのいたるところに　数々の碑は立ち

マレーシアのいたるところに
大日本帝国軍隊の悪業の跡があって

　　ここ　　日本では
　　日の丸がまた　式日にひるがえり
　　その血のいろに向かって　子どもらは不動の姿勢になり

ああ　マレーシアのいたるところに
なお眠れない　たくさんのされこうべがあって

　　日本の企業戦士たちはぞくぞくタラップを降りてなにげなくその
　　地を踏み
　　日本の観光客もまた　軽やかに　ぞくぞくとその地を踏み

だが　マレーシアでは　かって村があり　いまは荒れ果てた草むら
に
風だけが　涙のように吹いて

　　（殺されたものは蘇らないから　私たちになにができよう
　　　ただ　心に刻み　祈るだけ　そして伝えるだけ）

一枚の幸せな家族写真　を

バナナ実り　米ゆたかだった　あのイロンロン村を

ひるがえる日の丸の下　不意につぶされた　幼い命たちの　今も続く

慟哭　を

伝えていかねば

せめて

ひとつぶの涙のような風となって

伝えていかねば

せめて──

ここに一本の樹が

石川逸子

ここに　一本の樹がたっています

百年の根を広げて

五十年前　ひとりの若者とひとりの娘が

樹の下でやさしくみつめあい　未来を夢みました

でも　「東亜永遠ノ平和」のために若者は狩られ

遠く南の島へ運ばれて　帰ってきませんでした

南の島のひとたちにとっては　「日本鬼子」であった若者を

娘は待って待って老女となり　この夏　地に還りました

かつての娘　老女はいま知っていました

「東亜安定」の名で少女たちが　辱しめられ　「不逞ヲ膺懲」する

ため

家が赤ん坊が焼かれたことを

老女はそのことを一本の樹にだけ伝えたので

年ごとに葉を落しながら　樹はふるえます

いま「国際貢献」の名の下に邪悪な歩みが始まろうとしている

樹はつらくて　冬の来るのがこわいようです

ああ　百年の根を広げて　叫ばねば

ノオ·PKOと　たくさんの潰された命たちの代りに

弔詞
―職場新聞に掲載された一〇五名の戦没者名簿に寄せて―

石垣りん

ここに書かれたひとつの名前から、ひとりの人が立ちあがる。

ああ　あなたでしたね。
あなたも死んだのでしたね。

活字にすれば四つか五つ。その向こうにあるひとつのいのち。
悲惨にとぢられたひとりの人生。

たとえば海老原寿美子さん。長身で陽気な若い女性。
一九四五年三月十日の大空襲に、母親と抱き合って、
ドブの中で死んでいた、私の仲間。

あなたはいま、
どのような眠りを、
眠っているのだろうか。
そして私はどのように、さめているというのか?

死者の記憶が遠ざかるとき、

同じ速度で、死は私たちに近づく。

戦争が終わって二十年。もうここに並んだ死者たちのことを、

覚えている人も職場に少ない。

死者は静かに立ちあがる。

さみしい笑顔で、

この紙面から立ち去ろうとしている。忘却の方へ発とうとしている。

私は呼びかける。

西脇さん、

水町さん、

みんな、ここへ戻って下さい。

どのようにして戦争にまきこまれ、

どのようにして

死なねばならなかったか。

語って

下さい。

戦争の記憶が遠ざかるとき、

戦争がまた

私たちに近づく。

そうでなければ良い。

八月十五日。

眠っているのは私たち。

苦しみにさめているのは

あなたたち。

行かないで下さい　皆さん、どうかここに居て下さい。

참고문헌

『明治社會主義文學集(一)』 明治文學全集 83, 筑摩書房, 1972.

『木下尚江集』 明治文學全集 45, 筑摩書房, 1965.

山極圭司, 『評傳 木下尚江』, 三省堂, 1977.

神保光太郎 編, 『与謝野晶子詩歌集』, 白凰社, 1965.

福田淸人 編, 『与謝野晶子』, 淸水書院, 1968.

『與謝野晶子・與謝野鐵幹集』 明治文學全集 51, 筑摩書房, 1968.

入江春行, 『与謝野晶子とその時代』, 新日本出版社, 2003.

『與謝野晶子』群像 日本の作家, 小学館, 1994.

秋山淸 外 2人, 『日本反戰詩集』, 大平出版社, 1969.

伊藤信吉, 『日本反戰詩集』, 太平出版社, 1970.

日本近代文學館 編, 『日本近代文學大事典』第一巻, 第二巻, 第三巻, 1977.

하가토오루 지음/손순옥 옮김, 『명치유신과 일본인』, 도서출판 예하, 1989.

福田淸人 外, 『日本の歷史』, 讀売新聞社, 1979.

川崎庸之 外 3人 監修, 『読める年表』, 自由国民社, 1991.

古川淸行, 『スーパ日本史』, 講談社, 1991.

歷史学研究会編, 『日本史史料[4]近代』, 岩波書店, 2004.

中島可一郎 編, 『金子光晴詩集』, 白凰社, 1989.

金子光晴, 『金子光晴』, 筑摩書房, 1991.

『詩人 金子光晴自伝』, 講談社, 1994.

川崎洋 編, 『茨木のり子』 現代の詩人7, 中央公論社, 1983.

茨木のり子, 『寸志』, 花神社, 1982.

茨木のり子, 『ハングルへの旅』, 朝日文庫, 1989.

山之口貘, 『山之口貘詩集』(現代詩文庫1029), 思潮社, 2000.

石川逸子, 『<日本の戰爭>と詩人たち』, 影書房, 2004.

石川逸子, 『石川逸子詩集 千鳥ケ淵へ行きましたか』, 影書房, 2005.